電 影 館 70

遠流出版公司

*Un praxis du cinéma*
© Éditions Gallimard, pour la présente édition
Chinese language copyright © 1997 by Yuan-Liou Publishing Co., Ltd.
All rights reserved

電影館 | 70

**電影理論與實踐**

著者／Noël Burch

譯者／李天鐸、劉現成

編輯 ／焦雄屏・黃建業・張昌彥
委員 ／詹宏志・陳雨航

封面設計／唐壽南

責任編輯／趙曼如

**發行人**／王榮文
**出版・發行**／遠流出版事業股份有限公司
台北市汀州路三段184號7樓之5
郵撥／0189456-1
電話／(02)3651212
傳眞／(02)3657979

**著作權顧問**／蕭雄淋律師
**法律顧問**／王秀哲律師・董安丹律師

**電腦排版**／天翼電腦排版印刷股份有限公司
台北市敦化南路一段294號11樓之5
電話／(02)7054251

**印刷**／優文印刷事業有限公司

1997年2月1日　初版一刷
行政院新聞局版台業字第1295號

**售價**220元
缺頁或破損的書，請寄回更換
ISBN 957-32-3178-6

# 出版緣起

看電影可以有多種方式。

但也一直要等到今日,這句話在台灣才顯得有意義。

一方面,比較寬鬆的文化管制局面加上錄影機之類的技術條件,使台灣能夠看到的電影大大地增加了,我們因而接觸到不同創作概念的諸種電影。

另一方面,其他學科知識對電影的解釋介入,使我們慢慢學會用各種不同眼光來觀察電影的各個層面。

再一方面,台灣本身的電影創作也起了重大的實踐突破,我們似乎有機會發展一組從台灣經驗出發的電影觀點。

在這些變化當中,台灣已經開始試著複雜地來「看」電影,包括電影之內(如形式、內容),電影之間(如技術、歷史),電影之外(如市場、政治)。

我們開始討論(雖然其他國家可能早就討論了,但我們有意識地談却不算久),電影是藝術(前衛的與反動的),電影是文化(原創的與庸劣的),電影是工業(技術的與經濟的),電影是商業(發財的與賠錢的),電影是政治(控制的與革命的)……。

鏡頭看著世界,我們看著鏡頭,結果就構成了一個新的「觀看世界」。

正是因為電影本身的豐富面向,使它自己從觀看者成為被觀看、

被研究的對象，當它被研究、被思索的時候，「文字」的機會就來了，電影的書就出現了。

《電影館》叢書的編輯出版，就是想加速台灣對電影本質的探討與思索。我們希望通過多元的電影書籍出版，使看電影的多種方法具體呈現。

我們不打算成爲某一種電影理論的服膺者或推廣者。我們希望能同時注意各種電影理論、電影現象、電影作品，和電影歷史，我們的目標是促成更多的對話或辯論，無意得到立即的統一結論。

就像電影作品在電影館裡呈現千彩萬色的多方面貌那樣，我們希望思索電影的《電影館》也是一樣。

王榮文

# 電影理論與實踐

*Une praxis du cinéma*

**Noël Burch** ◎ 著 ／ 李 天 鐸 、 劉 現 成 ◎ 譯

# 目次

# 就電影論電影 （代譯序）

　　台灣在六、七〇年代，蒼白而封閉的社會裡，知識分子們渴望獲得台灣之外的相關訊息，猶如大旱之望雲霓。此時，相繼出現的《劇場》與《影響》兩本期刊，成爲即時的甘霖，使得這種殷切盼望才稍稍獲得慰藉。《劇場》雜誌以介紹西方重要思潮爲主，在那個連提「社會學」都會有人誤以爲是社會主義，拿著馬克斯·韋伯（Max Weber）的原文書會被錯認爲馬克思主義者的年代裏，《劇場》於是成爲當時青年翹首觀望世界萬花筒的窗口。而《影響》雜誌的出現，在當時滿佈蜚短流長的銀幕畫報中，成爲鶴立雞羣的電影專業性期刊，除了引介當時西方鼎盛的電影美學概念之外，並以作者論的觀點論述當時港台兩地的重要導演，引發廣泛的迴響，成爲當時愛好電影者必備的讀物，許多現今台灣重要的電影工作者與評論者都受到這本刊物的啓迪，如此也使這本刊物成爲研究台灣電影發展重要的文獻典籍。

　　如今台灣開放了，任何訊息、任何黨派、任何思想都可以自由進出在這個海島。在台北東區那個極富資本主義殖民氣質的書店裏，我們可以看到有一個電影專區，書架陳列著中英文的電影書籍，而一般城市中的連鎖書店，也都設有電影書籍專櫃，電影書籍變得更容易獲

得，不管是中文的，還是外文。同時在量上，也比以往要來得多。但是我們若仔細檢視這些書籍所討論的內容，還是跳不開從《影響》雜誌以來的窠臼，大部分都是一些像電影概論入門、導演專論等書籍，對於西方電影理論以及電影原典的譯介則少之又少。然而，西方自從一九六〇年代以降，電影即已成為學術研究的客體，從原來附屬於文學研究下的分支，到如今成為獨立的學問，期間所累積的文獻，以及討論電影的觀點，已經變得極為繁複多元。

今天在台灣，我們需要更寬廣的角度，更多元的觀點，來重新看待電影這一門大眾藝術，電影做為一種理論，在西方研究當中，遠比我們在台灣所看到的還要來得多，諸如像梅茲（Christian Metz）的《電影語言》（*Film Language: A Semiotics of the Cinema*）、《想像的意符：心理分析與電影》（*The Imaginary Signifier*），巴拉茲（Béla Balazs）的《電影美學理論》（*Theory of the Film*），安海姆（Rudolf Arnheim）的《電影藝術》（*Film as Art*），以及克拉考爾（Siegfried Kracauer）的《電影的本性：物質現實的復原》（*Theory of Film: the Redemption of Physical Reality*）等電影理論重要的原典。雖然，我們高興看到由崔衍先生翻譯巴贊討論電影的經典：《電影是什麼？》其中文版在台灣上市；而像透納（Graeme Turner）的《電影的社會實踐》（*Film as Social Practice*）這本從文化研究與社會學的觀點來探究電影本質的名著，也已經由林文淇博士翻譯成中文了。

站在世紀交會點上的九〇年代末尾，我們為何會選擇翻譯這一本在一九六九年出版，從法文轉譯成英文的電影書籍？也許是因為它有五、六種語言翻譯版本的聲名，也許是因為他所討論內容的精湛，也

許是因爲翻譯版權取得的便利性，而最大的原因是它在使電影成爲學術研究。客體的歷程中，扮演了將電影加以理論化非常重要的里程碑。如果說，在一九六九年之前有所謂古典電影理論的存在，那麼本書即是古典電影理論的壓卷之作。作者總結在此之前有關電影的文獻資料，包括影像與寫實之間的辯證、艾森斯坦的蒙太奇理論等等，而在此之後，開展了電影研究與當代美學思潮更爲豐富多元的視野，包括結構主義、心理分析、意識型態與文化研究。作者早已言明，他不是符號學家，所以他沒有像當時電影學者那樣，從文學的理論中嫁接在論述電影之上。書中作者反覆地以音樂抽象形式來討論電影，希望透過電影實際製作的構成要素中，將電影加以理論化，也就是以電影論電影，所以它是一種可以進一步加以檢驗與實踐的電影理論（這是書名的另外一層意義），從此電影論述擺脫了依附於文學之下的地位。

由於它的可實踐性，不僅開拓了西方研究電影的視野，也影響了當時許多西方電影工作者對待電影製片的態度，流風所及，也影響到香港新浪潮的電影工作者，其中以徐克、譚家明最深。譚家明便曾經表示，他在創作《名劍》、《烈火青春》之際，受到這本書的啓迪甚深，我們可以從這些作品的剪接造型與視覺構成當中，看到這本書的影子。因此，這是一本電影觀眾、研究者與創作者都適合閱讀的原典。

本書雖在北京已出現中文的版本，但是由於兩地在行文的語法上、在電影片名的翻譯上，以及使用電影的專業術語上，迥然有別，且其間涉及到版權的問題，因此，我們採用港台兩地慣用語法、電影片名與電影術語，重新將其翻譯成新的中文版本，如此再加上出版公司的精心編排，書後備有中英文的索引，應當更適合閱讀、研究與流

傳。

我們不是作者，只是這本書英文版（1969 年法文原版問世，1973 年出現英文譯本，本書是根據 1981 年普林斯頓大學出版所刊印的版本）的中文詮釋者（這是英文 translation 的另一層意義）而已。這本書在台灣的問世，感謝遠流出版公司多方奔走取得授權，並感謝電影館編輯的敦促與精心校刊，方能使這本書順利付梓，公諸於大眾面前。

李天鐸、劉現成

台北輔仁大學影像傳播學系

一九九七年・春

# 前言

「我」並不是這本書的作者。

雖然封面上的名字相同，但是此際正在寫前言的「我」，在許多方面已經迥異於十四年前寫這本書時候的「我」，所以他覺得有必要將兩者分開。

其中另一個「我」，是一個三十五歲美國僑民，十四年前他決定在巴黎落腳，主要是由於在認識了法國的電影文化之後，使他眷戀駐足（單單《魔鬼與肉體》le Diable au Corps 一片就看了約十五遍之多）。後來進入法國高等電影學院（IDHEC）就讀，他雖然竭盡所能地欲在電影工業上找到棲身之所，可是始終未能如願，因為在主觀上，他尚未具備符合演藝事業的價值、習氣與個人特質，而「有文化氣息」僅是電影在巴黎虛矯的外衣而已。

這本書充其量僅是一個想像之作，雖然提出了一些電影的方法，可是寫這本書的人卻從無製片的經驗，**而這本書替代了那些未能製作的影片。**

這本書的問世還受了一些師出無名的使命感所決定：教學、著述、「理論化」、六種語言的譯書、另外兩本書、國際聲譽……，可是

除了製作一些電視節目之外，影片創作量卻極爲貧乏，所以最後只好放棄（暫時性）這樣的心願。然而，令人啼笑皆非的是，理論家的聲名似乎使影片的製作再度成爲可能，也因爲這樣，現在的「我」特別感到慶幸，那是因爲無論他說什麼與做什麼，這是他做得最好的一件事。

近些年來，這本書帶給我許多的困擾。從某些方面來說，我的事業是一名「理論家」，所依恃的是內觀與思考，而不是對現代理論的原則進行任何的擷取。我沒有受過什麼大學教育，也沒有利用任何自修的機會來補償這方面的缺憾。結果，至少七年來，**我兢兢業業地努力，**卻搞得自己身心俱疲。

然而，我深信不疑的是，這本書將會對某些從事教育的人特別有用，而對一些製片者而言，也有特別的鼓舞作用。

當然，我不會對那些「讚賞」之詞置若罔聞，也許這本書的再版便是很好的證明。

令我感到困擾的來源其實很簡單，就是「形式主義」（formalism）。形式主義最不好的是它也可以成爲「音樂主義」（musicalism），或者更精確一點來說，是**意義的消逝**（flight from meaning）。本書便是以這種矛盾的觀點來貫穿全局：一方面神經質地揚棄「內容」（這種揚棄的做法，從個人的履歷經驗來看，可能是來自對研究無知與政治的**恐懼**所致），從另一方面，同樣地也是神經質地抗拒從主流電影中找出抽象的、類似音樂的價值。的確，本書在撰寫期間，幾乎對美國的新電影完全陌生（我要附帶說明的是，可能某些重要作品尚未出現），而能夠

引起我共鳴的，卻是那些與傳統價值有關的東西。時值今日，雖然我對那些電影早已了然於胸，也體認到一個運動的重要性，而如今在外觀上也已經終結了，所以我不敢肯定這方面是本書最嚴重的盲點。

六○年代的「我」，對電影有一種「視野」(vision)，同時對於別人未真正透視真理的現象深感厭煩：諸如，艾森斯坦 (Sergei Eisenstein)、雷奈 (Alain Resnais)、安東尼奧尼 (Michelangelo Antonioni)、柏格曼 (Ingmar Bergman)，以及其他人的影片，若以某種率直的折衷主義來看，他們的出類拔萃，並非在於他們所鋪陳的故事，因為人人都在講故事，基本上他們所說的故事也沒有什麼不同之處，而是由於他們組織起來的陳述方式，表達了某些特定的東西。今天，當我學到了一些符號學的概念之後——儘管我不是一個符號學家，並且期望一些不明究裏的作者停止以符號學家來稱呼我，但是我將以有關**作品的意符** (the work of signifier) 來加以證明其間的差異。

唯有這樣，這些影片才稱得上「出類拔萃」。此際，當然又暴露了我在當時一些思考上極為顯著的盲點：一種高高在上菁英的觀點。當時我不關心整體社會的物質與心理層面，同樣的也無視於社會如何看待影片、以何種方式看待，以及如何學會觀賞電影。而如今這些卻是我唯一所關注的，我已經很難回復到以前，從世界龐大的電影產量中挑出某些作者的作品，然後局限在這狹小的領域中，去討論電影是如何被提升到偉大而崇高的藝術殿堂之中，就一個作者而言，如同古典音樂的「純粹性」一樣，這是一個不可觸摸的、絕對的模式。

當然，實際上這樣的說法一點也不批判，也不理論化，我只不過在描述與彰顯一種方法學，並期望能應用在我的作品當中，到了那個

時候，僅會牽涉到對古典敍述系統的延伸討論，而不是全然對它加以排斥或「解構」，這就像我後來有時會對自己加以設想，也替別人進行鼓吹一樣。我已經零零星星地使用這些方法學，像一些未完成的作品如《蔚藍的天空》（le Bleu du Ciel）、《初學者》（Noviciat）等，並致力於《我們這個時代的電影工作者》（Cinéastes de Notre Temps）的研究，甚至到了今天，我還會將這些方法應用在我的拍片計畫與影片製作當中，所以對我而言，仍舊會繼續堅持下去，這是本書所留給我的東西。

我今天要談的，不是這本書哪些地方所處理的是「錯的」，當然某些說明與分析也並非是憑空想像，我在這些影片中所「看到」的，確實在「那裏」，當然也許有少數例外的。不過這種取徑是相當狹隘、不完整的，這樣會出現一些惡果，比如說，當我們以這種方法去思考希區考克（Alfred Hitchcock）這種大師級（儘管我對他並不十分了解）的作品時，將會造成本末倒置的後果。如果我不厭其煩地重新討論像《深閨疑雲》（Shadow of a Doubt）這樣不朽的作品，那麼有可能我無法理解其中的複雜性。

本書所缺乏的概念是電影作品的文本性（textuality）、多義性、多重性與曖昧性，以及電影做為一種機構（institution）的概念，我當時所認可的劇情片，是具有那種如歌劇一般的「純粹性」。當然這種純粹性只不過是一種浪漫的憧憬，是由那些滿足於聆聽歌劇或甚至觀賞歌劇的人杜撰出來的，他們對故事僅有某些模糊的認識，目的只是想聽到鏗鏘地朗誦出那些有關馬拉梅（Mallarmé）的詩與《為芬尼根守靈》（Finnegan's Wake）的聲音而已。

今天，我觀察到形式主義的方法是如何看待電影，儘管是以繁複

地手法加以偽裝，而在我出生的國度裏有些人追隨這樣的風潮，但遺憾的是我們這個國家並沒有像義大利、法國，甚至是英國那樣的政治文化來杜絕這種蠢事發生，如果要我來承擔這種情況的所有責難，那未免過分地自虐（這種情況是由於這個國家相關知識與藝術社羣極度疏離所造成的），很顯然的，我也是受害者，亟待改正。

儘管如此，在我與其他的作品中，以這樣實際的態度（特別是那些觀影經驗僅局限於一般性電影的年輕人來說）去看待電影，在表面上其實已經綽綽有餘。就廣大的電影觀眾而言，他們注意的**焦點**畢竟只是在於故事的時空與幻想的「世俗經驗」。而意符的工作，不管是多麼的繁複，只要它能「保持低姿態」，只要它不要在「銀幕後的世界」與「一般觀眾」之間構築一道語意噪音的帷幕，否則它必然會「失焦」，甚至看不見。因此，本書既然在進行「對焦」的工作，尤其是在前兩篇，所以鼓勵讀者/觀眾**也**去了解攝影機、剪接等工作，在某些情形之下，我認為將會具有矯正與撫慰的效果。

然而，我要建議讀者的是，在接受本書的某些價值判斷之前，必須要詳加思考。我認為像討論雷奈電影作品的那種模式，到了今天已經不適合再使用了。本書的「我」如此地看待它們，事實上只是再一次顯示出年輕人那種「為藝術而藝術」理念的執著，這一個理念對一個在意識型態與政治上沒有任何根基的美國移民來說，提供了一個逃避歐洲社會的緊張關係與衝突的方法。畢竟歐洲社會與本書作者所生長的社會之間，不管是過去與現在，階級鬥爭的地位始終迥然有別。

讀者必須警覺到，本書嘗試著用數理的方式來描述電影的風格。雖然第一章在許多方面是最具開發潛力，但是那種以嚴肅的態度說明

十五種時空轉換的鏡頭關係，這種紙上談兵的書寫，就影片製作而言，是最沒有用處的部分。

另一方面，自本書問世以來，有關傳統分鏡（découpage）體系其「辯證延伸」（dialectrical extension，部分已經為艾森斯坦所提倡，雖然那時我沒有想過這個問題）的風格啟示，的確已經實際影響到現代某些大師的作品（像大島渚 Nagisa Oshima 的《絞死刑》The Hanging、《白晝的惡魔》Floating Ghosts at Noon，安東尼奧尼的《過客》The Passenger 或維斯康堤 Luchino Visconti 的《諸神的黃昏》Ludwig）。至少可以在一位年輕創作者——帕奧里諾・維歐塔（Paolino Viota）的作品《接觸》（Contactos）一片中看到，我可以毫不避諱的說，他的影片是受到這本書某些章節的影響。然而，如果以這樣的方式來看待這些影片，很顯然地將**貶低**這些影片的價值（以《接觸》來說，其最大的貢獻在於反對佛朗哥政權），就好像將尚・雷諾（Jean Renoir）的《娜娜》（Nana）貶抑成只是利用畫外空間的「結構」，或將《愛情編年史》（Cronaca di un Amore）貶為僅是攝影機與演員之間「視覺的芭蕾舞」而已。

很顯然的，現在我對這本書的評價並不高，至少把它視為「理論」來說，近五、六年來我一直是這樣的看法。將章節標題命名為「攻擊性的結構」那一章，更是無聊至極，雖然後面的部分涵蓋了打破「虛構」與「紀錄」之間傳統的障礙，但是仍舊是站在一個影片工作者的位置來看，然而，若是從理論的角度觀之，是相當站不住腳的，這幾乎是每一位歐洲批評家都可以異口同聲地指出這一點缺憾。

法文中的前言是 avertissement（有警告的意味），我希望讀者經由

這樣的預先警告，可以避免像我一樣，因昔日孩提時所犯下的過錯，如今長大成人之後，卻後悔莫及，同時，又可以從這些礦渣當中挖掘出其他貴重的金屬。

第一篇
基本元素

# 第一章
# 空間與時間的構聯方式

　　一位電影工作者或理論家選用何種術語，是他對電影認識程度的重要反映。

　　法文術語中 découpage technique（分鏡技巧）或簡稱爲 découpage（分鏡）❶以及其他相關含義，便是指出這個問題的例子。在日常的應用當中，découpage 是指劇本的最後形式，其中包括導演認爲有必要記下來，使攝製人員能了解他的意圖，並找出達成此一意圖的技術方法，以便他們依照這樣的意圖加以設計的任何技術性訊息。以同樣的日常操作方式進一步延伸來談，découpage 也可指在**開拍之前**，將敍事動作或多或少加以精確地分解成鏡頭或段落。當然，不只是法國電影工作者利用這個術語來指稱這道工作過程，使用英文或義大利文的電影工作者也各自使用類似的術語來指稱劇本的最後階段。在英文中的「分鏡腳本」（shooting script），義大利文中的 copione，雖然它有「書寫」或「開業」（establishing）之意，但這些字所賦予這項工作的意義，其重要性絲毫不遜於一部影片的製作過程。法文 découpage 的第三種

---

❶這個字源自動詞的 découper，是「切成碎片」的意思。

涵義，在英文中卻找不到相同的意義。儘管它是從分鏡的第二個涵義而來，但是兩者卻有相當的歧異，不再僅只是強調電影拍攝之前的一種過程，或是特定技術的操作，而是著重於影片**被完成**之後的結構。正式來說，一部影片從一系列片段零落的連續性時空組合而成的，這個字依照法文第三種涵意，是指空間片段化的結果，或者更精確一點來說，從拍攝過程中擷取片段化的空間以保持其連貫性，當然，也包括時間的連續性，時間的連續性雖然在拍攝的時候已經大致底定，但是卻要上了剪接台之後，才算大功告成。法文這個字所固有的辯證概念，使我們去決定，並進而去分析特定影片的形式，以及開展它的時空敍述。以這樣的精髓將這個字看成是一種結構性的概念，可以說是純粹的法國式觀點。一個美國電影工作者（或電影評論者，因爲美國電影評論者總是對電影技巧深感興趣）在構思一部影片之際，僅牽涉到兩種連續與分離的操作程序，包括攝影機位置的選擇與攝製完成影片最後的剪接。英語語系的電影工作者與評論者從來就沒有考慮到這兩個工作過程，其實是來自同一個基本概念，只因爲在他們所用的詞彙裏，並沒有涵蓋這樣的概念。如果在近十五年裏❷，法國出現了許多在電影形式上的突破，部分的原因可能是由於這個詞彙所致。

　　以實際的方式來檢視 découpage 這個字的兩個面向，一個是時間，另一個是空間，結合此兩者創造一個相互構聯的形式組織，使我們有可能找出連接兩個由不同攝影位置所敍述的空間，和連接兩個不同時間情境的方法。這種在兩個鏡頭之間找出時空構聯（articulations）

❷ 從 1966 年起。

的分類形式，也許是屬於學術上的工作，但是就我所知，在此之前尚未有人嘗試過這樣的分類，因此，我深信這種方式將揭開嶄新重要的視野。

排除將溶（dissolve）與劃（wipe）的技巧看成是「標點符號」，因為它們可能被認為只是一種直接切換的變化而已。在兩個鏡頭之間，時間與空間兩者構聯的可能性，可以進一步區分為五種不同型態。

首先是，兩個鏡頭之間也許具有的連續性，就某些意義而言，其時間連續性最明顯的例證，是從一個人正在說話的鏡頭切換到某人正在凝聽的鏡頭，此時畫外對話的持續縫合了鏡頭的切換。因為，這也是為什麼在每一個鏡頭之後，接下來總會出現連接一個反角鏡頭（reverse-angle shot）。雖然，「直接配切」（straight match-cut）這個術語（本章之後將有更詳細的引述），其所指出空間的連續性，將會更為清晰明確，但也是時間連續性極端表現的另一例。如果鏡頭 A 呈現一個人走到門前，手握著門把之後再轉動，然後推門欲進入房間，接下來的鏡頭 B，可能是從門的另一面來拍，可以從前一個鏡頭某一個動作的點上，準確地將動作連接下來，完成動作的其他部分，一切彷彿就像有人開門走進來那樣「活生生」地呈現。這樣的動作甚至可以考慮同時用兩架攝影機來拍，這樣所攝得的兩個鏡頭❸連接起來之後，雖然是從兩個不同角度所拍攝的，但是動作絕對保持其連貫性。欲在剪

---

❸「鏡頭」這個術語的意義應該是有不同的，其間的差異依賴它所指的是用來拍攝的或是用於剪接。在攝製期間的鏡頭，是指從開動攝影機到停止之間所拍攝下來的東西；在剪接時，鏡頭是指兩個剪接點或鏡頭轉換的東西。事實上，這需要兩個術語，但是就我所知目前仍舊沒有任何字來區別這樣的差異。

接時保持影片完整的連續性，只需要在剪接台上將鏡頭 A 的結束點與鏡頭 B 的起點接起來就可以了。

　　兩個鏡頭之間時間連續關係的第二個可能性型態，牽涉到鏡頭之間所存在的縫隙，這便構成了所謂的**時間的省略法**（temporal ellipsis）或**時間的節略**（time abridgement）。再用那個以兩台攝影機拍攝一個人進門的鏡頭為例（或用一台攝影機從兩個不同角度來拍），當兩個鏡頭銜接在一起之後，其實可以省略掉其中一些動作（鏡頭 A 中人的手放在門把上然後轉動，而在鏡頭 B 中便可以將門掩上）。即使在最傳統的影片中，也會經常使用這個技巧來壓縮動作，並去除動作多餘的部分。在鏡頭 A 也許有人開始步上樓梯，可是在鏡頭 B 中他可能已經上了二樓，或者甚至是五樓。特別是當牽涉到像登堂入室這樣簡單的動作之際，必須強調的是省略法可能會出現各種不同的情況，「真實」的動作也許需要花五、六秒的時間，可是利用時間的省略法所刪減的時間，可以從二十四分之一秒到數秒鐘，而且可以應用到任何動作上。同樣的，這種情況也可以使用在時間絕對的連續性上，而鏡頭之間的轉換也可以應用在動作出現的任何地方。在這兩個例子當中，若要講究直接的配切或動作的省略，也許某些剪接師會堅持其中只有一個是「對的」，然而，他們會這樣堅持是因為在鏡頭轉換時，其中只有一個不會被觀眾意識到它的存在❹，因為這樣也許會好些。

　　然而，第一類的時間省略法，其所牽涉到時間省略的幅度，不只是一種感官經驗，同時是**比較**（measurable）出來的。省略的發生與程

❹有關「零度電影風格」，參見本書後面所談到的。

度總是由於在視覺或聽覺動作中，呈現出或多或少顯著的中斷，並藉此來達成動作的連續性，當然，如果像高達（Jean-Luc Godard）的《斷了氣》（Breathless）與路易·馬盧（Louis Malle）的《地下鐵的莎芝》（Zazie dans le Metro）等影片，將連續時間性聽覺的動作，如對話，以不連續的動作與時間視覺動作來連接的話，那又另當別論了。在前面進門與上樓的例子當中，我們之所以會察覺到時間不連續性與縫隙的存在，是因爲在強化空間的連續性之下，使觀眾在心裏以部分連續性的動作來決定那些被忽略的動作，進而「比較」出省略的實際程度（時間的連續性也可以比較出一些有關**非中斷性**視覺或聽覺的連續性）。因此，如果當鏡頭的轉換從一個場景轉換到另外一個更遙遠的場景，而這兩個空間沒有任何的相關性（像電話或其他聯絡的方式），此時兩地之間時間連續性是不明確的，除非使用一些笨拙的手法，如一連串鐘的特寫或陳腔濫調的交叉剪接（cross-cutting），讓兩個不同的空間出現明顯交替的動作，如此才能保持明確的時間連續性❺。

　　第三種時間的構聯方式與第二個可能的省略方式，便是**不確定的省略**（indefinite ellipsis）。也許這種時間的省略可能是一個小時或是一年，然而其時間的實際長度是必須借助於某些「外在」的東西來加以比較的，例如一句對白、字幕、時鐘、日曆或服裝的變化等等。這與劇本、實際的敍事與視覺的內容有很大的關聯，但是它仍舊是純粹的

---

❺這到底是不是一個陳規，可以從電視影集《來自 U.N.C.L.E 的人》（The Man from U.N.C.L.E.）的片段中見端倪；這個片段與兩個動作交叉剪接在一起，一方面我們可以目睹庫里安金（Ilya Kouriakin）成爲阿拉伯民族階下囚的不幸遭遇，而這顯然已經拖延了許多時日；另一方面，有關拿破崙的冒險行動卻只發生在數小時之內。

時間功能而已❻，因爲儘管敘事的時間和影片所呈現的時間不盡相同，但是兩個時間的幅度依然可以利用嚴肅的辯證態度來串連起來。讀者也許會反對，在「比較」與「不明確」兩個省略法之間其界限是模糊的。表現一個人進門的兩個鏡頭，在銜接的過程當中，可以精確地計算出其中省掉的時間，只因爲我們可以做出這樣的動作，但是卻沒看見，然而，「一個人爬上五樓需要花多久的時間」我們卻無法比較或測量出來。不過，「爬上五樓所花的時間」仍是構成一個時間單位，就像「一燭光」一樣，一支蠟燭燃燒也需要某些時間；另一方面，當我們知道某件事情發生在「幾天之後」，這種不明確的省略則又另當別論。

　　**時間倒退**（time reversal）也是建立時間構聯的另外一種可能的型態。在有人穿門而入的例子當中，鏡頭 A 可能是那個人跨門而入的全部動作，鏡頭 B 則又回到開門那一刹那，這是人爲有意地重複動作的部分，這個過程可以稱爲所謂的**短時間倒退**（short time reversal）。或稱爲重疊性剪接（overlapping cut），艾森斯坦便經常使用這種技法，同時獲得驚人的效果，像在《十月》（October）中，便是利用這種技巧，使其看起來就像前衛電影一樣。楚浮（François Truffaut）的《軟玉溫香》（La Peau douce）與布紐爾（Luis Buñuel）的《泯滅天使》（The Exterminating Angel）也都曾使用過。然而，值得一提的是，時間倒退像時間省略一樣，其所運用範圍並不大，常常僅在省略或重複幾格畫面，藉以做爲維護電影**外在**連續性的手段。當然，這種維持外在

❻這到最近才變得較爲明顯，主要是因爲這種省略法已經有系統地被「溶」所替代。

連續性是幾乎所有傳統電影用來節省時間的方法，然而現在我們所提到的，並不只是這麼簡單的內在精神上的欺騙而已，也就是說，原來在視覺上並不連續的動作，讓它在「精神」上產生連續的感覺，但是，實際上它在矇騙我們的眼睛。至於欲表現有人進門兩個鏡頭的「配切」，其感知的原因已經超過本書所討論的範圍）。為了影片中的動作看起來更加流暢連續而省略或重複幾格的動作畫面，這比將兩個鏡頭的動作**準確得**連接，要來得更具有連續性的效果。

「倒敘」（flashback）是時間倒退最常見的形式，誠如時間省略的幅度僅在幾秒或幾年之內，而時間倒退同樣也可以做到。因此，第五種以及最後一種時間構聯的型態就是**不確定時間的倒退**（indefinite time reversal），它與**不確定時間省略**（indefinite time ellipsis）有幾分相似之處（倒敘的實際程度，當它沒有任何外在的線索之際，其比較或測量的程度會與前敘 flashforward 一樣困難），而它的反面便是**可比較的時間倒退**（measurable time reversal）。為何倒敘到了今天會被人認為陳腐，甚至是非電影性的技巧，原因便在於倒敘的形式功能以及它與其他時間構聯形式的精確關係，一直無法被人了解釐清，當然像雷奈的影片中所運用的，以及其他某些電影如卡內（Marcel Carné）的《日出》（Le Jour se lève）和哈農（Marcel Hanoun）的《一個簡單的故事》（Une Simple histoire）等片所使用的除外。如同畫外音一樣，倒敘一直被認為是從小說轉借過來的簡便敘事技巧，儘管近來此二者已經各自發展出自己的功能，但是依然無法扭轉這種看法。

但是像倒敘與前敘這種無法將時間延續的幅度比較出來的情形，剛好指出某些基本的但在過去卻為人所忽視的道理。影片在時間上的

往前或向後跳躍，不是正好與一部影片的形式組織不謀而合嗎？那麼，如果時間構聯的關係僅只有四種型態，最後第四種型態可以涵蓋時間上往前或向後的大幅躍進？很顯然的，羅勃-格萊葉（Alain Robbe-Grillet）是抱著這樣的看法，而就這意義來看，他與雷奈的《去年在馬倫巴》（Last Year at Marienbad）也許比當今某些流行的概念更接近電影，是有機組織的精髓。

關於兩個銜接的鏡頭之間，表現空間構聯的型態，必須擺脫或獨立於時間構聯之外，儘管兩者之間有幾分的相似，而空間構聯的可能型態大致可以分為三種。

兩個鏡頭之間空間關係的第一個可能性，這牽涉到有關對空間連續性的維持，其方式與維持時間的連續性有一些雷同的地方，**雖然這種空間的連續性可以或不一定因時間的連續性而生**。以三個不同進門的方式做為空間連續性的例子，在每一個例子中，鏡頭 A 或鏡頭 B 都可以全部或部分看到同一空間的各個片段。任何角度或畫面大小（相互搭配的鏡頭就是在同一個角度裏，選擇更近或更遠的方式來拍）的變化，如果是與相同被攝物，或相同的場景，或同一個環境空間，通常都可以建立兩個鏡頭之間空間的連續性，這是相當明顯的。而這樣看來，兩個鏡頭之間空間構聯的可能性僅有另外一個形式，就是空間的**不連續性**，換言之，就是任何無法納入第一個歸類的事物。但是，這種不連續性可以區分兩種不同的次類型，而這和時間的省略與倒退的兩個不同次類型，卻有著極為相似的地方。鏡頭 A 所呈現的空間迥然有別於鏡頭 B 所看到的，而這空間很顯然的，在某些片段的角落裏

與前面的空間有著**極為**相近的地方（例如，可能是在相同的房間裏，或封閉或一定範圍的空間）。空間不連續性的型態引導出一套處理空間定位的詞彙，事實上，必須特別提出這些詞彙，用來說明這個類型與第三種可能性其基本的差異何在，就是絕對而激進的空間不連續性。

這個有關空間定位的詞彙帶給我們一個關鍵性的術語，這個術語與我們此處所要討論的有關，即是「相配」（match）或「配切」（match cut）。「相配」是指兩個鏡頭以上，與維持連續性有關的任何因素。諸如，像道具相配或不相配，在攝影棚裏我們常常可以聽到的：「這副眼鏡不相配」，這表示演員現在戴的眼鏡與前面已經拍過所戴的那副眼鏡不一樣，或者原來並沒有戴眼鏡，現在的鏡頭中必須補上來加以配合。「相配」亦可以指空間，如演員視線的配合，銀幕方向的配合，人與物在銀幕位置的配合等等。還有時空的相配，如在門的例子中，兩個鏡頭的運動速度必須相配，也就是在**外表**看起來必須一樣。為了進一步釐清「相配」與「配切」的概念，有必要以簡短有序的方式來介紹它是如何發展出來的。

在一九〇五到一九二〇年之間，當電影工作者開始將攝影機貼近演員，並將早期電影所運用的劇場空間加以**片段化**之後，他們發現如果要維持劇場空間的幻覺，使觀眾仍舊可以感覺到一個即時而直接的「真實」空間存在（過去以至於現在，這仍是許多導演所追求的目標），如果欲使觀眾不要失去依據，不要失去和傳統劇院中所曾經有過的意識，並相信他身歷其境，就必須遵守某些規則，於是視線、銀幕方向與銀幕位置的配合等概念便因應而生。

視線與銀幕方向是否相配合，這牽涉到兩個鏡頭，儘管他們在空間上不連貫，可是重要的是他們彼此相鄰。當兩個鏡頭在呈現兩個人相互對看時，A 看著銀幕的右方，而 B 則必須看著銀幕的左方，反之亦然，因為兩個相連的鏡頭都朝一個方向看的話，將會讓觀眾誤以為兩個人並非在對視，如此會導致他們對銀幕方向的迷失。這樣的發現對於第二代的部分電影工作者來說，包含了超越相配原始目的基本真理。然而，僅有俄國導演（在史達林主義突然終止電影實驗之前）開始發現這其中所蘊涵的意義，就是僅有在圖框內所發生的才是重要的，電影唯一的空間就是銀幕空間，藉由使用無限多樣的**可能性**空間來操縱銀幕空間，觀眾迷失了方向的秩序便是電影工作者手上最有價值的工具之一，關於這點我們往後會再談到。

視線連戲的必然結果，電影工作者還會發現銀幕方向相配的原則。某個人或物從畫面的左邊出鏡，而接下來的畫面所顯示的空間是相近的或有關係的，就得從畫面的右邊入鏡，如果不這樣做的話，那麼人或物運動的方向看起來就好像已經發生變化了一樣。

最後，還會注意到，在涉及兩個鏡頭的任何情境之中，保持空間的連續性並以相當大的特寫來表現兩個人，第一個鏡頭已經確立了他們的銀幕位置，也許他們之中有一個鏡頭在左，而另外一個鏡頭在右，這樣的位置在接下來的鏡頭內是不能改變的，如果改變了，將有攪亂觀眾眼睛之虞，因為他會誤以為任何銀幕空間的改變，視為在反映「真實」空間的改變。

當將動作分解成為鏡頭與段落的技巧發展到相當完善之際，這些連續性的規則變得越來越固定❼，如此確定了遵守這些規則的方法已

經完成了❽，而它們最主要的目的是使兩個在空間連續的或相互毗鄰的鏡頭，在轉換的時候**不易被察覺到**，也更凸顯了它的重要性。聲音的問世強化了電影在本質上是屬於「寫實主義」的媒體，這個錯誤的概念很快地造成了所謂的「零度電影風格」（zero point of cinematic style）的出現，至少在有關鏡頭轉換部分是如此。俄國在分鏡的實驗上，雖然發現了全然不同的概念，但是很快地便被認為是過時的，或者在較好的狀況下，被認為其重要性僅在外圍。盡量避免「跳切」、「不好」或「不清楚」的切換，因為這些都是造成鏡頭轉換**不連續性**的基本特質，或彰顯電影空間**曖昧的**特徵（《十月》中重疊的剪接被認為是「不好」的切換，杜甫仁科 Alexander Dovzhenko 的《大地》Earth 被看做含糊的切換）。如果試圖以此來否定剪接的多面性，這樣電影工作者最後會變成為毫無任何的美學理由，僅為了方便，而將一個鏡頭剪接到另外一個鏡頭而已。直到四〇年代末期，一些嚴肅的導演（如維斯康堤的《大地震動》La Terra trema, 1948、希區考克的《奪魂索》Rope 與安東尼奧尼的《愛情編年史》）❾開始思索剪接的必要性，是否應該徹底地揚棄，或者盡量少用，且賦予它特定的功能。

　　不論是單一鏡頭與整部影片兩者之間，或是敘事結構的關係，現在是到了對電影構聯特質與功能的態度必須改變的時候了。我們才剛

----

❼在這裏所提到是重點，另外值得一提的規則是攝影機位置的變化至少需要三十度（或者不需要），這是根據鏡頭轉換相配的感知原則而來的（參見第三章）。

❽這裏必須特別節錄的是：鏡頭切換、一百八十度線的規則，以及使演員運動放慢或加速的要求，這可以使被攝體的遠景與特寫鏡頭速度相互配合（參見第三章）。

❾值得指出的是，這三位導演最後放棄了對長拍鏡頭的偏好（至少安東尼奧尼是如此），是因為他們體會到鏡頭轉換的功能越來越重要。

剛開始了解到鏡頭轉換與相配的形式組織，嚴格來說，這只是電影的基本工作而已。誠如我們所看到的，每一個構聯都由兩個因素所界定，第一是時間，第二個是空間。因此，兩個鏡頭之間可以有十五種構聯方法，五種時間型態與三種空間轉換的可能性組合。此外，這些可能性每個將可以出現無限可能數量的排列組合，這不僅決定了時間省略與倒退的程度，更重要的是，藉由與另外一個因素的連接，亦將導致各種無限多樣的可能出現，像是攝影機角度與攝影機和被攝體距離的變化（雖然在視線角度或切換痕跡中沒有詳細提及這些矛盾，想要加以控制也不是那麼容易，但是其重要性幾乎是等同的）。我並不是說，這些是在鏡頭轉換中唯一具有作用的因素，至於其他因素，如攝影機與被攝體的運動、畫面的內容與構圖等因素，僅能界定某一既有相配的特定性質，但是卻不能做為普遍的構聯功能。如果單看影片內容的影像，有件事將會非常有趣，那就是一個面孔毫無表情的特寫緊接著是一碗湯的特寫，這會創造出一個人飢餓的景象，但是這兩個鏡頭內容之間的關係是一種**句法**（syntactical）的關係，僅在幫助我們界定它們之間的**語義**（semantic）關係而已。縱然電影至今仍是不完善的傳播工具，但是可以預見的是，有一天它的語義功能將與造型功能緊密結合之後，創造出其**詩學的功能**，使其成為完全內在的客體。雖然，攝影機運動、出鏡與入鏡和構圖等等因素，這些功能都是用來輔助電影成為有組織性客體的設計，但是我覺得，無論未來電影的結構如何複雜與多樣，鏡頭轉換依舊是基本的元素。

　　這個影片構聯的整體組織也許已經讓我們預見了一個可能的形式，因為這十五種鏡頭轉換的型態將會產生**相互串連**（mutual interference）的模式，導致另外一系列可控制的組合出現。在鏡頭轉換之際，兩個鏡頭的構聯似乎可以迎合這五個時間歸類以及三個空間歸類的任何一個，但是在鏡頭 B 或後來其他的鏡頭裏，可以**重新**使用同樣的轉換，雖然各自屬於完全不同的時間或空間範圍，甚至是兩者兼備。這個程序甚至在傳統電影創作中大量地被引用，希區考克在《鳥》（The Birds）一片中，女主角停留在當地的女教師家有一段時日，她打電話給她的未婚夫，第一個鏡頭呈現一個中特寫，第二個鏡頭女教師正往扶椅坐下，鏡頭開始時遮住了部分的畫面。因為在相同場景中，我們對這樣鏡頭的轉換已經習慣了，更重要的是，因為缺少任何空間方位的線索，我們所獲得的印象是攝影機對著場景的某些其他部分，如此便暫時維持了空間的連續性（女主角畫外的對話仍持續著），但是此時的空間卻不連續。而當教師在最後坐下來，女主角從原來被擋住的部分出現了成為背景的一部分，我們所看到的是女主角打電話的中景，事實上這樣便維持了空間的連續性（以同一個角度的鏡頭來配合）。我們最初對這個情境的印象是錯誤的，而且到了最後還要被迫修正這樣的錯誤。這與「看不見」的相配其所蘊涵的知覺過程，至少說來，還要複雜得多。兩個鏡頭關係的實際特性，在幾秒鐘之內仍是模糊的，必須等到切換經過一段時間之後，一切才見分曉，這種可變延遲的間隔也許會成為另外一個因素。

　　另外一個經常被使用的技巧，是有關原來是遠距的鏡頭隨後接上一個較近的鏡頭，而隨後接上的第二個鏡頭其所出現的，可能是另外一個時間，甚至是另外一個場所。雖然這種手法經常被使用在倒敘和時間的省略上，但是它所意味的是這將可以創造更為複雜的形式組織

（如《一個簡單的故事》那樣）。

然而，重要的是要指出，像這種性質的方向錯亂預設了一個固有的空間與時間的連續性，也就是透過以前創作的脈絡經驗，建立了兩個鏡頭之間立即可知的關係❿。經由這些「回溯相配」（retroactive matches）創造出更有系統⓫、更具結構性的方向錯亂的運用，是依賴這些相配因素以及其他立即可辨的相配關係之間所建立起來的某種辯證關係，在這種辯證關係裏，那個「延遲」的相配也許只是一個例外的設計，但是不再是一種毫無根據的或僅是風格化的「噱頭」而已。

從對這些「開放性」相配的束手無策中，仍然可以導致其他的可能性，有些影片以曖昧為基礎，有些影片則是對觀眾真實空間的知覺形成立即的顛覆，而有些影片使觀眾根本搞不清楚方向，其中以雷奈的《去年在馬倫巴》與尚-馬希·史特勞普（Jean-Marie Straub）的《絕不妥協》（Nicht Versöhnt），對於運用不確定時間的省略與倒退堪稱典範⓬。

我簡單地列出一套形式的「客體」，即是十五種鏡頭轉換的不同型態與因素，這些可以經過一些諸如節奏的更替、反覆、倒退、逐漸消失、循環重複以及系列性的差異來達到精確地發展，如此便能創造出

---

❿作者建議讀者，有關艾森斯坦「蒙太奇系統」的概念，可以進一步參閱尼茲尼（Vladimir Nizhny）所撰的《艾森斯坦教程》（*Lessons with Eisenstein*, tr. Jay Leyda and Ivor Montagu [New York: Hill and Wang, 1969]），本書在撰寫之際，對這本書了解不深。

⓫布烈松（Robert Bresson）的《溫柔女子》（*Une Femme douce*）在本書出版不久即問世，其形式肌理幾乎完全以相配的概念為基礎，這顯示出對於「延遲」與「回溯」作用的相配系統，有其局限性。

⓬羅勃-格萊葉的《說謊的人》（*L'Homme qui ment*/The Man Who Lies）顯然與這個層面相去甚遠。

相似於十二音律的音樂結構，而這些並不如想像中那樣抽象與理論化。

　　早在一九三一佛利茲・朗（Fritz Lang）的《M》一片中，就以電影形式構聯的嚴謹組織來完整地建構，打從它一開始的段落中，每一個鏡頭的時間與空間都是自主的，其中對時間的省略與場景的轉換，扮演著極為明顯的主導角色，然後逐漸且有系統地增加對切換連續性的使用，最終在審判的段落裏達到高峯，將時間與空間的連續性嚴格地維持了大約十分鐘。在劇情發展的過程當中，也出現了相當數量的「回溯相配」，其中最受人矚目的是當那幫匪徒捉到了凌虐小孩的謀殺者，離開大樓之際，導演重複使用過很多次這樣的鏡頭，就是可以看到一個竊賊為了進入上鎖的銀行，在地板挖了個洞的鏡頭，那個竊賊需要梯子以便讓他爬出來，最後梯子是放下來了，可是當他爬出來的時候，所看到的卻是警察，而不是把風的同夥。這樣我們便會了解，在那幫竊賊與警察來到之間所省略的時間，完全跳過去了，而這個鏡頭並不是在竊賊離開之後立即發生，其實它比我們原先所設想的還要遲些。

　　哈農一部近來鮮為人知的影片《一個簡單的故事》便是以我前面所提到的原則所構成的。雖然在哈農所使用的原則裏是純粹的經驗法則，但是卻極為精準，這部片將會在其他的章節中詳加討論。

　　當代電影的敘事已經漸漸地從文學或假文學形式的局限中解放出來，其中擔任主要角色的「零度電影風格」雖在三〇到四〇年代居於至高無上的地位，到了今天它仍舊維持相當的優勢地位。唯有透過系統性與**結構性**的探索，才有可能找出我前面所述及的電影固有的因

素，如此電影才能從陳腐的敘事形式中解脫出來，發展出嶄新的「開放性」形式，使這類的形式與後德布西主義（post-Debussyian）音樂，在形式策略上具有共通之處，而不是像喬艾思之前（pre-Joycean）的小說那樣。因此，僅有當這種嶄新開放的形式受到有機性地使用之時，電影才能取得形式上的自主。原則上，這與時空的構聯、敘事內容和決定敘事結構的形式組織等等因素之間，具有統合協調的真正關係。這也意味著，觀眾的方位錯亂與方向感其重要性是等同的，而這是形成未來電影的**實質**關係上，僅是兩個既存可能的辯證關係罷了。這樣電影的分鏡原來只是將敘事分解成段落的局限定義，對未來的電影工作者而言，不再具有任何意義，因此，分鏡在此所界定的意義，將不再終止於實驗與理論性的探討，而是從實際的電影實踐中重新來加以界定。在接下來的篇章中，希望這種對未來電影看法將會帶來某些的幫助。

# 第二章
# 《娜娜》或兩種空間

　　為了有助於了解電影空間，事實上必須把它看成是**兩種不同類型的空間**，亦即是包括畫內空間與畫外空間兩種。依我們的研究目的來說，銀幕空間可以簡單地定義為包括銀幕上所有眼睛可以看到的東西，而畫外的空間卻更複雜得多了。它被分成六個部分，前面四個的範圍立即由畫面的四個邊框所決定一個想像性的金字塔投射成一個環境空間反應出四個面向，也許這樣說似乎過於簡化了。第五個部分不可能用精確的幾何圖來界定，但也沒有人會否認在「攝影機之外」，存在著畫外的空間，這與四個邊框為界的部分相當不同，儘管人物總是從攝影機的左邊或右邊進入空間裏。最後，第六個部分涵蓋了場景或被攝體之內的空間，一個人可以穿過一道門，在街角逡巡，消失在一根柱子或一個人之後，或一些相似的動作。這六個部分的外在限制已經超越地平線之外。

　　這些空間部分在一部電影的形式發展中，到底扮演著何種角色？

　　這個問題如果要回答，可能會很抽象，但是最好的方法就是找一部可以說明這種看法的影片，這部影片必須對畫外空間充分利用，並且有系統性地對應於銀幕空間的使用，尚・雷諾的《娜娜》（1926）便

是發展此種電影語言的典型之作。

首先，以他第一個極富戲劇性的場景開始，當墨非特（Muffat）與娜娜邂逅之際，整體的視覺構成不僅依賴銀幕內空間的存在，同時銀幕外的空間也具有同等重要的分量。而這個畫外空間的意義是如何建立的呢？

在《娜娜》中，如同任何影片一樣，空間部分都是由出入鏡來加以界定的。像在這部影片中，大半部分的鏡頭都是從某人入鏡開始，或由某人出鏡結束，或甚至兩者兼而有之，而在鏡頭的前後都留有幾格的空畫面。的確，我們也許會說整部影片的節奏都植基於這樣的出鏡與入鏡，這樣動作的作用顯得格外重要，除了六個左右的推拉（dolly）或搖拍鏡頭之外（這在後面會加以說明），幾乎全部的鏡頭攝影機是不動的。很顯然的，我們先前所提到的六個空間部分，僅有四個在此片中發生作用，位於攝影機後面區域、場景之後的區域以及最重要的是，位於左右銀幕空間兩邊的區域。上與下的區域使用到的機會並不多，除非一些極端仰角與低角的鏡頭，或者是下樓梯的鏡頭。我曾經說過，這些部分都是因出入鏡的運動所界定的，我的意思僅只是，當某個部分出現了出入鏡的動作，觀眾想像中的空間概念便在那個區域形成。在影片開始之際，有一個墨非特奔向娜娜更衣間的鏡頭，巧遇喬治，他是娜娜新的征服者，此時他正欣喜若狂地離開娜娜的更衣間，而兩人狹路相逢的鏡頭卻極短，僅維持一秒鐘而已。此際所看到的是，兩人的中景和背景是光禿的牆，兩人同時都在奔跑，墨非特從左入鏡，而喬治則由右入鏡，他們倆像箭一樣飛逝擦身而過，甚至來不及互看彼此一眼，便紛從銀幕的兩邊出鏡。在這個鏡頭中，動作的實質部分

（兩人運動的軌跡）都發生在**畫外**，儘管在入鏡前後出鏡與之後所花的時間很短，兩人轉瞬之間即到畫面的邊緣，然而這個動作也**同時**界定了畫外空間的左區與右區。

雷諾也試圖利用出入鏡來界定「攝影機之後」與「場景之後」空間劃分的方法，這在《娜娜》那個製片時代裏是相當罕見的。他常常使片段的空間與畫面四邊串連起來，讓某個區域發生作用，經由位於畫面中心的門進出，之前或之後都是空的畫面，影片常常這樣出現（特別是雷諾對於娜娜的豪華藝廊與閨房的處理）。**空鏡頭**最主要的目的是想把我們的注意力轉移到畫外所發生的事，使我們意識到畫外空間的存在，因為畫面是空的，尚無東西（或者已經沒有了）可以吸引我們眼睛的注意。當然，出鏡留下一個空白的畫面，使我們體認到畫外空間有一個明確的區域存在，而以空畫面為開端的鏡頭並非總是讓我們預見到有人會從鏡頭的另一端突然出現，甚至不知道會不會有人闖入（本章後面對小津安二郎 Yasujiro Ozu 的評論中會再說明）。在此同時，支配銀幕方向相配合與鏡頭角度的法則，在某些案例中將對我們有所幫助，主要是當牽涉到最後進入畫面的人物時，其運動方向在先前的鏡頭中已經點出來了，然而，在《娜娜》中，卻始終不是這麼回事。在任何的事件中，只要人物進入實際的畫面當中，將會讓我們**回想**到他先前所出現空間的存在。相反的，只要畫面仍舊是空的，那麼環境中所有的空間皆擁有同等的潛力，而人物所出現的空間部分，僅有在人物實際地進入銀幕空間中的那一剎那，才能產生**明確的**存在與**最根本的**重要性。

雷諾對空間的運用上，還進行了一些創新，他的演員從攝影機旁

邊出鏡，這比在一九二五年一般影片所慣見的還要頻繁的多，如此也界定了存在於攝影機之後的空間。然而，更普遍的是，該如何釐清一些**沿對角線**出鏡的情況呢？因為一般如果欲通過攝影機之後的空間，所牽涉到的空間不是右邊，便是左邊的空間區域，除了一些相當特殊的情況，像直接衝向攝影機，將鏡頭擋住，然後也許在下一個鏡頭是遠離攝影機之後，如此使鏡頭開展出來。大概約有百分之九十九的出鏡與入鏡都有一個**支配性的方向**，衝向鏡頭的出入鏡形式顯然也是如此，僅有完全垂直俯拍的鏡頭，這種從畫面角落出鏡的拍攝技巧，在這方面是曖昧不明的。

另外，還有一種情況是當人物站起來的時候，他的頭跑出畫面，然後他的人也一起出鏡，可能是從左邊或者是右邊，然而，這樣的變化在使畫面**連續**呈現上產生兩種不同分離的部分，首先一個區域緊鄰著畫面上面的邊線，然後接著是來自左邊或右邊的區域，很顯然的，任何「水平」形式的組合也許可以這樣使用。

電影工作者界定畫外空間的第二個方法即是人物往畫外的空間觀看。在《娜娜》中，經常有整個段落，或其他的部分（主要的例子就如跑馬場的場景）是由一個特寫或一個人正與畫外人物談話相當近的鏡頭開始的，有時說話的人物他的眼神充滿著緊張，蘊涵著某種意義，此時畫外人物（存在於銀幕之外的想像空間）相對地顯得重要起來，如果那個人在銀幕空間或畫面上看得到，其重要性便相對地降低了。娜娜的僕人常常從門內探出頭來，看看門外那個我們看不到的世界究竟發生了什麼事，由此觀之，那個看不到的空間或看不到的人，相較於觀眾在銀幕上可以看到的東西是具有相同的重要性。最後，朝著攝

影機看（這和直接注視鏡頭不同，因爲這樣的直接注視鏡頭讓人覺得彷彿是直接看著觀眾，而不是在看攝影機後面的東西，除非是在廣告影片或劇場中，這樣的手法最好盡量少用），可以界定爲被攝體視線所及的是攝影機後面的東西。

關於第三種界定畫外空間方式，這與靜態和無聲的鏡頭有關係，其中牽涉到在框取人物之際，身體的某部位跑出了畫面之外。當然，場景本身有必要被認爲是所有畫面的延伸，也因此畫外空間便發生了作用，儘管在某些情況下他不具有任何功能性。畢竟畫外空間純粹是一種想像，僅有在某些特定的事物和成爲注意力**主要的**焦點時，它才能粉墨登場。墨非特心不在焉地把玩著手上的雞蛋杯，直到有一隻手伸進來拿走杯子之後，我們才意識到畫外空間的存在。直到那時，伯爵的腿伸出，在畫面的下方出鏡，或者可能把架子伸出左邊的畫面，並非以相同的方式引起我們的注意。重要的是要去理解畫外空間在任何的影片，僅只是間歇的，或是**擺盪性地**存在，而在電影工作者的手中，構成這種擺盪性可能會變成爲相當有力的工具，而雷諾是充分體認到這種力量的創作者之一。在這部影片中，經常會看到一隻手伸進畫面內，例如在舞廳的場景中，一隻男人的手（我們看不到他身體其他的部位）入鏡遞給娜娜一杯飲料。就某些意義而言，其所涉及的入鏡方式是相當特殊的。但是，由於那個人的身體大部分在畫面之外，如此這種畫外空間的存在，將比畫面出現全身的鏡頭還要來得突出搶眼。界定畫外空間的第三種方式還包括其他的次區域，也就是全然的**靜止**，例如她與墨非特在舞廳長談時，鏡頭裏她的頭和身體在畫面左邊被垂直地切掉。

畫外空間也許可以分成兩個其他歸類來談，它可以被認爲是想像性的或具體的。當主持人伸手去拿杯子時，他所擁有或界定的空間是想像性的，因爲我們不知道這是誰的手臂，而當接下來的鏡頭攝影機呈現出全景之後，看到主持人與墨非特兩人站在一起，如此空間經由這樣的**回溯過程**而成爲具體。使用正/反拍鏡頭的任何情況也是在遵循相同的過程，表示畫外空間的反拍鏡頭是想像性的，而先前的那個鏡頭卻使它變成具體的。如果沒有較廣的、其他角度的鏡頭的話，或沒有攝影機運動來呈現那個伸手進來的人是誰，或者沒有人朝向畫外凝視，或沒有人對著其所要前往的空間出鏡，那麼畫外空間也許會被認爲是想像性的（舞廳場景中那個無名的手臂便是一個例證，因爲我們從不知道這是誰的手，也沒有看到那個人在畫面出現過，至少沒有確實實實地看到過）。

　　相反的，當凡德夫（Vandeuvre）來找娜娜，並責備她與年輕喬治的關係時，這場戲處理得極爲出色。鏡頭始於兩人比肩而坐的中景轉換到一個遠景鏡頭，表現伯爵自己坐在畫面極爲右邊的地方，這喚起了一個畫外空間完全是具體的事實，因爲在此之前的鏡頭，我們可以看到娜娜坐在離他不到兩尺的地方，而這個地方正好是新畫面的邊緣。然而，伯爵持續地看著娜娜的方向，並與她說著話，如此引起我們對畫外空間的部分高度關切。縱然，伯爵起身不斷地在畫面中走來走去，可是他的椅子仍舊絲毫未動，而前一個鏡頭已經清楚地告訴我們那是娜娜的，就這樣我們持續地感知畫外空間的存在。但是，在不知不覺的情況下，不久便發現這個空間起了變化，我們原本以爲相當熟悉這個空間，我們對娜娜的正確位置了然於胸，因此當凡德夫在地

電影理論與實踐

四四

毯上踱步時，我們知道她佔據畫外空間的位置是在右邊，最後凡德夫從右邊出鏡，在下一個鏡頭裏他從左邊入鏡，然後走到娜娜的跟前，此時鏡頭所呈現的卻是娜娜躺在床上，而這張床卻是我們未曾見過的（至少在這段落裏沒有，這說明一些事情，我們在觀賞電影時❶，忘記事情的能力是多麼大，基於這樣的因素，電影空間的建構與再建構僅能在既定的段落中完成）。回想一下，會發現我們最初對電影畫外空間的概念是錯誤的，原來所建立的空間並非我們所想的那樣，套句我們所討論的詞彙來說，它不是具體的，只是一種**想像**而已。

現在應該清楚了，我們再一次處理了電影形式的辯證關係❷。因此，我們的興趣是希望能在畫外空間本質性的回溯意識，與相配時空特質的延遲意識之間，建立起對等平行的關係。這種辯證關係意味著其中存在著極為複雜的可能性，特別是當我們考慮到不僅僅是技巧的運用，像出入鏡的運動、畫外的視線以及局部取景（或同時使用這兩種或三種技巧），來決定空間究竟是具體的，還是想像的，同時還要考慮到空間是否因可預測而具有想像性，或可回溯而成為具體的（前面《娜娜》的例子中，一樣也可以應用於空間的省略法），所有空間的部

---

❶ 這牽涉到我自己拍完一部影片之後的回想能力，我的一名學生最近也曾指出，這場戲並沒有想像中的那麼複雜，事實上，娜娜並沒有任何移動。可是我向來就不認為我這樣的敘述是錯誤的，做為一個概念，我認為最重要是它所欲彰顯的東西，而我可以確定的是我可能會發現──或者會做到，一個段落便是在體現一個概念（參見本章中，有關布烈松的《死囚逃生記》A Man Escaped 的描述也是一個錯誤的例子）。

❷ 有關我對電影辯證形式的觀點，其實早在我尚未拜讀艾森斯坦的《電影形式》(Film Form) 一書中，相當重要的章節〈電影形式的辯證方法〉(A Dialectical Approach) 之前，就已經發展出來好幾年了。某些馬克思主義的電影理論家非難我對辯證的應用是一種「不負責任」的態度，我不想多費唇舌為此辯解，可是我想要提醒他們，這是艾森斯坦的分析。

分都是相當獨立的，甚至可以用部分的片段來呈現，而後者的因素更大大拓展了其可能性。但是這種模糊性也可以應用到銀幕空間與畫外空間的關係本身，看見畫外空間而沒有體認到它就是畫外空間，這是有可能的（就像攝影機對著鏡子來拍，而沒有看到鏡子的框一樣），而僅有攝影機搖攝或畫面裏有人物走動之後，我們才知道這個事實。假設在前一個鏡頭所出現的某人或某物是在畫外，那麼在接下來的畫面中將有可能會看到，但是也有可能隱藏在光影與色彩之中，這些例子可在小津安二郎的《浮草》（Duckweed Story）與蘇里尼（Valerio Zurlini）的《家族日記》（Cronaca familiare, 1962）發現。顯然這種情況相當罕見，而且會出現矛盾的現象，可能只是在耍弄文字遊戲而已（因為就定義而言，我們似乎是不可能「看到」畫外空間的）。但是，重要的是必須知道這種情況也可以完全相反過來使用（也許可以其他方式出現），因為這可以藉著某些相關的特定因素來界定他們之間的範圍。

也許有人會質疑，像我進行這樣分析其目的為何？宛如承認了畫外空間與銀幕空間的系統性對立是構成了雷諾其影片的基本工具之一，而且也認定這部四十多年前拍的影片其成功因素是由於這種對立性，然而，試圖對這兩種空間關係的可能性加以分類，往往被人誤以為是徒勞無功的，或者是故弄玄虛。我不是曾經說過，我並非僅在簡單地說明**一部**影片是如何拍成的？我承認任何影片都以出鏡與入鏡來使影片進行敍述；任何影片都會使用往畫外觀看的視線、正/反拍鏡頭、部分畫外的演員等等技巧，來指出銀幕空間與畫外空間的對立關係。可是從《娜娜》一片之後，僅有些許的導演（通常是那些最偉大的導演）使用這種隱誨的辯證關係，做為建構整部影片某些看得到的

手段。

在這一點上，有必要依序地釐清這個問題。如果在今天《娜娜》看起來似乎是一部重要的影片，那不僅是因為標示著它對拓展畫外空間的濫觴，同時，更重要的是，也揭示著這是第一次被使用在**結構上**的。這麼多年來，在默片時期被認為是處理畫外空間的重要作品——杜邦（Ewald Andre Dupont）的《雜耍》（Variety），為什麼？因為其中有一場鬥毆的戲，後來這場戲變得極為著名，戲中詹寧斯（Emil Jannings）和他的對手在地上扭打，此際銀幕暫時是空畫面，後來有一隻手握著刀由銀幕的下方入鏡，並且一刀捅出畫面，最後強生站了起來，看到畫面裏僅有單獨他一人出現，幾個世代的電影史學者皆稱頌他為「絕妙的陳述」。從那個時候起，當導演感覺到平鋪直敍過於單調之際，畫外空間幾乎成為陳述事件絕無僅有的手段。若欲建構一個實在的美學體系，這個原理在尼古拉斯‧雷（Nicholas Ray）的第一部影片《以夜維生》（They Live by Night, 1948）中應用到極致。在這部警匪片中，所有的暴力都有系統地發生於畫外空間，甚至完全省略掉，無庸諱言的，這樣便造成了某些額外的「敍述張力」。但是，這種在實際看得到與可以感覺到但看不到之間的分野是相當簡略的，完全未考慮到在銀幕空間與畫外空間之間存在著**單一性**與**多樣性**的對立關係，而這複雜的向量關係提供了一個處理美學工具的手段，誠如某些導演所發現的那樣。

小津安二郎是日本二次世界大戰前最重要的導演之一，他是繼雷諾之後，第一位體認到這兩種不同空間存在重要性的導演。他也許是第一位了解到空鏡頭的價值，和畫面留白所造成的張力。

雖然雷諾在《娜娜》中經常讓他的演員在空鏡頭中進進出出，但是銀幕的空鏡頭僅是幾格的空畫面，其長度也只在確定演員可以進出畫面的時間而已，雷諾使用這技巧過度頻繁之後，導致影片在視覺上平淡乏味，儘管我曾經說過，因為他反覆地使用這種效果而使這部影片成為傑作。無庸置疑的，小津安二郎是第一個改變銀幕上空鏡頭**相對時間長度**（relative length of time）的人，有時候是在入鏡之前，更多的時候是在出鏡以後留下更多空畫面。他在最後一部默片《浮草》（1935）中便開始使用這個技巧，而他第一部有聲片《獨生子》（The Only Son，1936）更是使用這種方法的傑作。不幸的是，到了他晚年之後作品則變得有些故步自封，相較於戰前的作品來說，顯得較學院派，更為矯情。

　　在《獨生子》中，空鏡頭經常被用來做為創造畫外空間驚奇的方法，有時以相當原創性的方法，在場景或拍攝現場內將那些裝飾性、抽象的或者沒有確切場所的細節進一步加以具體化地表現出來，這些鏡頭通常是在人物出鏡之後，或者是一個人物進入下一個鏡頭之前。小津安二郎將這個技巧運用到爐火純青的境界，通常以一個大的廣角鏡頭（約略是中景），隨著一般傳統性的對話場面之後，攝影機對著場景內非敘述的角落大約一分鐘左右。在這個冗長的鏡頭中，傳來一連串不易辨識的畫外音，而這些也意味著某些含糊的畫外活動進行，最後混進工廠的噪音，然而轉入下一個場景，而這個場景所發出的噪音是從工廠旁邊的一個空地傳來的。這個令人嘆為觀止的鏡頭，相當清楚地顯示出一個基本的原理：銀幕的留白維持越久，在銀幕空間與畫外空間之間產生的張力也越大，而相較於銀幕空間，觀眾對畫外空間

的所產生的注意也就越大（我們的注意力會維持多久，這是基於銀幕上所呈現場景的複雜程度而定，如果是黑白銀幕的話，顯然其局限性更大）。在這部片子以及後來的幾部影片裏，小津將這種張力做爲一種變數，將空鏡頭延遲的時間從二十四分之一秒格，擴大到好幾秒鐘。由此所出現的張力差異，提供他在進行分鏡時的一種形式與工具，這個技巧的彈性是相當大的，而且只要是明眼人便可以察覺到。

對空鏡頭與畫外空間有重要建樹的另外一個電影工作者是布烈松（Robert Bresson），尤其是在《死囚逃生記》（A Man Escaped, 1956）與《扒手》（Pickpocket, 1959）這兩部電影中特別明顯。在《死囚逃生記》中，方登（Fontaine）殺死哨兵的場面便是相當突出的例子。一個相當近、四分之三角度的鏡頭拍著方登蜷縮在牆角裏，另一邊是哨兵佇立著，方登鼓起所有勇氣向前走去，從畫面的右邊出鏡，又立即折返重新入鏡，再次穿越過鏡頭，然後從左邊靠近牆角的地方再次出鏡，現在銀幕是空的而且是中性的，因爲這似乎暗示了哨兵已經被殺了（但是畫外卻沒有任何聲音傳來），最後方登再次入鏡❸。如同在《娜娜》中，喬治與墨非特兩人擦身而過的鏡頭那樣，同樣都在一種情境當中，就是依賴畫外空間的展現，只不過在此片中其方式較爲複雜與

❸這樣的描述也太不精確了，方登事實上僅出鏡一次而已，這是我在交出法文版的手稿之前，重看這部影片時發現的，可是我決定讓這個段落維持原樣，然後提供一個實例（毫無疑問的，本文之中仍有類似的錯誤存在）來說明觀衆對一部影片的記憶有時會產生錯誤。之所以會出現這樣的錯誤，與觀衆用何種方式觀看電影有密切的關係，這個現象本身便是一個值得深入探討的問題。姑且不論這個現象對於電影評論者與分析家將會造成什麼問題，而我想指出的是，這種錯誤的記憶對電影工作者所可能產生正面的效果。我在這裏陳述的那個鏡頭，確實曾經存在於我自己所製作的一部短片當中，而我把這個鏡頭當做是向布烈松「致敬」。

「細瑣」而已。與此相類似的畫外空間利用，也許可以歸因於布烈松不想表現一些不愉快的場面，但是像在《驢子巴達薩》（Au Hasard Balthazar, 1966）和《慕雪德》（Mouchette,1967）其所展現的便不是那麼神經質了，造型價值始終是決定其所運用技巧的重要因素，就像上述的鏡頭那樣，他處理的態度就是在特定的鏡頭裏，以出入鏡的運動來組織影片。

在《扒手》中，空鏡頭扮演著更為寬廣的角色，在這部影片中，布烈松達到了所謂的空間編排效果（orchestration of space），嚴謹地控制著畫面何時該留白，空白將持續多久，並經由對聲音的使用，建立畫外空間周遭精確程度（這不由得讓我們想起一些鏡頭，像扒手離開他的房間然後出鏡，當他下樓時可以聽到他的腳步聲）。

一般而言，這種例子很多，特別是在默片時期。**在沒有聲音的情況下**，出鏡入鏡前後所預留的時間長度，取決於畫外空間被建立起來的範圍有多大，儘管這個畫外空間從來就沒有真正的出現過。相同的，鏡頭中的某人凝視著畫外的某人，不管畫外的人到底是靜止的或者是騷動的，**都是如此**。然而，畫外音總是會將畫外空間牽引進來，他的出現與否則與上述的任何空間型態無涉。當僅僅單單牽涉到聲音的時候，不管是背景的雜音、音樂或是沒有明確音源的畫外音，都使得整個空間的周圍發生了作用。甚至是當沒有任何的線索**指出**聲音的來源之際（當然，在今天有立體音響可以提供給我們某些方向性的位置），我們大概能知道他到底**距離**有多遠，而距離的因素又提供了另外一個變數，儘管到目前為止很少人進行這方面的探討。

如此，不管是透過利用聲音，或者利用空畫面時間長度的差異，

或向畫外凝視的手段，這不僅可以使此時此刻的鏡頭與下一個鏡頭具有六種空間作用的可能性，同時它也揭示了畫外空間的範圍。測量的「單位」雖然不是相當直接，但是至少有它的精確程度；也就是儘管我們不可能精確地算出畫外的演員，其距離畫面邊線恰好是三十英尺，但是卻可以算出他要花四秒鐘或二十格的時間才能到達邊線，這一個事實使得控制上述的變數成為可能。

安東尼奧尼也是處理這種出入鏡動作的另外一個傑出編排者，特別是他執導的第一部影片《愛情編年史》（1950），到現在仍舊是這方面的傑出作品。人們經常指出，整部影片只有兩百多個分開的鏡頭，這些鏡頭大部分都很長，而從視覺構成的角度來看，更加證明了這些鏡頭是前所未見的。影片中主要的結構性因素是出鏡與入鏡的動作，這除了可以創造節奏性的效果之外，同時也提供了以極為複雜的方式，使得緊鄰畫框邊緣的空間直接發揮作用，尤其是在左右兩個區域內。在玩牌的場景中，由兩三個鏡頭組合而成，時間持續了大約三分鐘，一方面我們總是看到克拉拉（Clara）不斷地出鏡入鏡，另一方面，我們也可以看到一個肥胖、長相滑稽的女人抱著一隻狗，在畫面中進進出出。因為攝影機的運動與人物在畫外的運動，這些的出鏡入鏡總是發生在無法預期的場所與無法預期的時刻。在影片的另外一個段落裏，安東尼奧尼常常藉著畫面中的人物望著某人離開畫面的方向，來延長出鏡的時間，使得畫外的空間生動起來。一對戀人在橋上策劃謀殺的段落中，其處理手法特別令人欽佩，尤其是運用了精心設計的搖拍，這對戀人輪流出鏡入鏡，而攝影機也隨著這種出入畫面的動作不斷地變換距離，從而創造出一種令人困惑的節奏感，凸顯了兩個情人

之間爭吵時那種若即若離的特質。

在後來的影片中，安東尼奧尼對空鏡頭的使用更加的頻繁，而他運用的方式在某些層面上似乎有點像布烈松。但是，在《夜》(La Notte, 1960) 中，幾個段落裏他所運用卻是全新的技巧，這種新技法就是我們在空畫面上所看到的任何東西，都無法決定其意義，直到看到人物出現之後一切真相才大白。例如，當丈夫步上他所居住的公寓大樓時，首先映入眼簾的是表面波浪狀的東西，但是卻無法確定其實際的大小，當他從電梯出來入鏡之後 (在電梯的門尚未開啓之前，仍無法確定那是電梯)，此時他的入鏡不僅引起了畫外空間在本質上的變化 (部分空間在他呈現於畫面之前，是潛藏在「場景之後」)，同時也調整了被鏡頭所界定的實際區域，因為突然展現的空間比原來的還要小得多，而且當鏡頭還是空畫面之際，攝影機的距離要比實際所看到的還要近得多。後來，馬斯楚安尼 (Marcello Mastroianni) 躺在床上正等待妻子歸來時，抬起頭來往窗外望去 (畫外)，接下來的鏡頭是某種表面四方形的東西，他先前眼神的移動提示這個東西的出現，雖然尚不知道其實際的大小，至少讓我們知道那是經由窗戶所看到的東西，但是當珍妮‧摩露 (Jeanne Moreau) 從畫面的下方進入新的鏡頭時，她看起來卻相當渺小。此時，我們才恍然體會到，那表面四方形的東西事實上是一座高樓裏沒有窗戶的大面牆。在這兩個例子當中，我們總是要經過一段時間之後，才真正確認一個鏡頭的實際大小，這種作用與第一章所討論的「回溯作用」或「延緩作用」的相配概念，有幾分相似的地方。

雷諾用來銜接銀幕空間與畫外空間的第三種方法，是僅用演員身

體的部分畫面來組合鏡頭。這種安排反鏡頭的技巧，在今天已經司空見慣了（例如，一個人的後腦處於畫面的邊緣）；但是，同時日本特別喜歡利用這個技巧，來創造驚人的構圖效果，很明顯的，這是受到他們傳統平面藝術的啟發所致❹。

我們必須考慮到另外一個問題是攝影機的運動，這個問題之所以有意延宕到此時討論，是因為他比靜態鏡頭所涉及的「兩種空間」更加難以進行分析。再回到《娜娜》來討論，就像我曾經指出的那樣，在整部片子當中僅有五、六個攝影機運動的鏡頭，因此每當攝影機運動，都是在極為特殊的情形之下出現，然而，僅有兩個例子看起來似乎是用來連接銀幕空間與畫外空間。第一個例子是一個長的後拉鏡頭，從枕頭開始後推到整張床，當攝影機往後退時，我們慢慢地看到一張巨大的床❺，此時其所牽涉到的畫外空間是精確的，因為這個鏡頭的功能便是在揭露最初原本沒有被看到的房間部分。第二個例子是當喬治發現墨非特的屍體之際，攝影機沿著墨非特的腿往上搖攝（tilt），直到拍完全身為止。

---

❹像這類的構圖（在某些情愛的場面中，如《廣島之戀》Hiroshima mon amour, 1959 與《一個已婚婦人》Une Femme marieé 等片中）很少利用到畫外空間（但是這比全身進入畫面內所使用的情況還多）。此外，我們還可以想出一些類似的情況，像經由那些「雕像式的片段」突然間動起來，全部跑出了畫面，或者讓身體的某部位進入畫面，強化觀眾對畫外空間的知覺，如此又提供了另一個辯證關係的可能性。

❺剛開始看到枕頭時，他是一個遮幕鏡頭（mask shot），隨著推拉鏡頭開始逐漸地開展出來。遮幕鏡頭與圈入圈出（iris in or out）鏡頭這種古老的技法，到了今天已經很少有人使用了（但是像在楚浮的《夏日之戀》Jules and Jim, 1961 與查爾斯・勞頓 Charles Laughton 的《獵人之夜》The Night of the Hunter）則是例外），非常有趣的是這種手法提供了把某一部分的銀幕空間轉換成畫外空間。從這裏所提供的辯證觀點來看，這些技法應當會有其適當的地位。

很顯然的，任何攝影機的運動都在把畫外空間轉換成為銀幕空間，當然反之亦然，可是這並非所有攝影機運動的主要目的。它常常被使用於圍著一個或數個運動中的演員，所以基本上仍是屬於靜態構圖的一種創造，例如在奧森・威爾斯（Orson Welles）的《奧賽羅》（Othello, 1952）中，當亞古（Iago）與奧賽羅沿著城牆而行時，攝影機隨著往後拉，而在亞古超越奧賽羅從他前面出鏡之後，畫外空間才發生作用。

　　也許因為是俄國人的緣故，特別是杜甫仁科，他們體會到攝影機運動所蘊涵的多重意義（在許多它們可能性功能當中，僅有兩個已經被加以說明過），因為在他們的影片中，對攝影機運動的限制相當嚴格，以至於當他們運用這個技巧時，常有驚人之舉。在杜甫仁科的《大地》中，由於攝影機的運動相當少，所有只要攝影機輕輕移動便可以立刻感知到，而且每次運動都在使原始構圖的空間與畫外空間進行直接地調整。我認為，如果欲在銀幕空間與畫外空間創造出辯證性的關係，攝影機的運動就應當像早期俄國人所應用的方式參與其中。這不是說攝影機的運動就必須像《大地》（或《娜娜》）一樣，應用得那樣少，或者總必須參與空間的辯證關係，這也意味著將出現另一種可能性的辯證關係，亦即真正參與兩種空間創造的攝影機運動，以及不參與這種創造的攝影機運動之間的辯證關係。

　　將攝影機的運用做如此嚴格限制的概念，這和法國一部默片時期傑出影片——荷畢葉（Marcel L'Herbier）所執導的《金錢》（L'Argent）一片，其對攝影機運動的形式概念，兩者相較之下，是相當有趣的。這部影片製作於一九二七年，是第一部有系統地使用攝影機運動來建

構影片分鏡的基本節奏，這比威爾斯與安東尼奧尼他們精緻的電影風格足足地提早了二十年。由梅爾遜（Lazare Meerson）所設計的風格化場景，促使荷畢葉的攝影機不斷地進行推拉運動，每一運動都開展了畫外空間新的景致。就空間而言，這部影片處於不斷流動的狀態，加上對影片剪接處理的嚴謹程度不下於處理攝影機運動，因而賦予它一種全然獨特的動感。並且，雖然我堅持認為，以「兩種空間」的語彙來分析攝影機的運動並非是件容易的事，但是仔細玩味《金錢》也許可以提供開啟另一道門的鎖鑰。

誠如我們曾經看到的，以有系統的方式來建構銀幕空間與畫外空間關係的可能性，或者以上述的說法結構性地組織它們，並且超越僅是簡單地安排出鏡與入鏡運動，這些可能性遠比僅是兩個鏡頭之間時空構聯所呈現的意涵，還要來得複雜得多。當我們將前面所討論到的，有關想像與具體的時空構聯也納入考慮的話，這些可能性也就更加複雜多元了。在這裏，我們對重要變數所進行的分析，也許不會像討論鏡頭轉換型態那樣鉅細靡遺，然而，兩種空間的型態可以根據應用於鏡頭轉換的「對應-序列」（para-serial）原則，進一步加以構聯。儘管在這些原則的基礎上，組織一部影片的整體與全面性有機結構，到目前為止，仍只存在於理論性的探討，而布烈松與安東尼奧尼的作品❻已經明白地揭櫫了，總有一天，這樣的肌理組織將不再只是紙上談兵的觀點而已。

---

❻這裏順便可以提到契蒂洛娃（Vera Chytilova）的《關於其他的一些事情》（O necem jiném/Something Different），這部影片某些地方與雷諾的《娜娜》有些相似的地方，另有專章討論。

第三章

# 剪接：一種造型藝術

到目前為止，我們已經檢視了那些攝製完成影像的一般性特質，以及這些影像之間構聯的型態，但是仍舊沒有討論到它們實際上看起來是如何。然而，現在我依然維持一貫的結構性取向，進一步檢視影像與鏡頭的轉換如何成為一種具體的視覺現象。

## 銀幕影像

首先，我想試著說明我們看到的與攝影機所看到的是如何的不同，這樣的工作是有些含糊，也要承擔一些風險的。在我之前，曾經有許多人嘗試過，其中最著名的是卡萊·賴茲（Karel Reisz）撰寫的《電影剪輯技巧》（*The Technique of Film Editing*）❶。但是，既然我要重新界定電影形式的構成元素，而儘管其間困難重重，我仍舊無法逃避處理這個特殊的問題。

我們也許可以從現實的生活當中來入手，思索一些電影經常發生的現象，這就像玻璃表面的倒影一樣。讓我們來看看當我們從一個角

---

❶ Karel Reisz and Millar Gavin, *Technique of Flim Editing* (New York: Hastings, 1967).

度來觀看彈子球機器的頂部時，它看起來會是如何的。倘若投射在玻璃兩側的光線大致上相等的話，玻璃下面發生任何事將會一覽無遺，如果我們專注於整個比賽的進行，在我們眼裏僅有比賽而已，對玻璃則視若無睹。然而，假如以較客觀的心態來看，來檢視那個玻璃罩，我們將會發現玻璃上面對環境周遭的倒影，並與罩下彈子球遊戲重疊地映入我們的眼簾，而這兩個影像的強度大致相同，如果環境的倒影總是非常複雜的話，那麼在玻璃下面進行的遊戲將會讓我們覺得「看不清」。這其實是一種無意識的心理過程（選擇性）與生理過程（眼睛所注意的地方），使我們能將兩個相互重疊的影像分別開來，拒絕那個我們不感興趣的影像。

現在讓我們不經過任何事先的安排來拍攝相同情境的戲，電影畫面最後的結果將會出現兩種重複交疊的影像，而這樣的重疊放映在銀幕之後，我們會發現最大的困難之處，原則上就是排除那些令我們不感興趣的影像。玻璃下面遊戲正在進行中的影像絕對會變成為「看不清楚」的畫面，如果我們期望能創造出如同身歷其境、由肉眼所體驗到的相同效果，就得在鏡頭前加上偏光鏡來去除玻璃上的倒影，或者如果可能的話，遮住那些反映在玻璃上環境的部分。

而一旦影片被拍出來且投射在銀幕上，為何無法進一步區別這兩種影像的差異呢？這是因為投射在銀幕上的任何東西，實際上，便具有「真實」與「存在」相似的本質。一旦投射在銀幕的表面上，兩個交疊的影像便融合在一起，無法分開了，主要是因為銀幕僅有二度空間，投射在上面任何形狀的東西，皆同樣「存在」於銀幕上，也就是說，這個投射在我們眼前任何形狀的東西，和其他型態的東西沒有什

麼不同。甚至是在焦點之外的部分影像，儘管它是「模糊成一團」，也可以被感知爲相當具體、可以看到和可以觸摸得到的實體。另外一個例子也許可以進一步釐清這個問題，讓我們來思索以下的情況：在設定一個鏡頭之際，攝影指導會留意演員身後的一盞燈或其他道具，也許這之間的距離有幾碼遠，可是偏偏在演員的頭上，雖然這個東西在背景裏，經過柔焦的處理之後，其外在的輪廓其實已經相當模糊了，但是攝影指導仍會堅持要把這盞燈移開，因爲如果不這樣做，演員頭上看起來就好像長了東西一樣。他的處理是正確的，假如我們在現實生活當中遇到同樣的情形，一樣站在攝影機所架設的那個位置，我們根本不會因爲這盞燈而大費周章，也不會覺得那是多麼了不得的大事，甚至有可能根本不知道它的存在。然而，在銀幕上，這種被攝體的並置問題將會立即映入眼簾，因爲當我們在看電影的時候，便看到了一切的東西，每一個形狀以及每一個形體，在視覺上都具有同等的分量（然而，有時當有人坐在我們前面，他的人頭擋住了銀幕的四分之一，可是我們卻無視於他的存在！）。基於這樣的事實，當我們在觀賞一部影片時，「可讀性」這個問題遠比我們在實際生活中所遭遇到的情境要來得更爲普遍，更爲特殊。

在任何既有的影片畫面中，我們爭論的所有元素都具有同等的重要性，很明顯的，這與十九世紀的藝術評論家所抱持的、後來到了二十世紀又爲一些攝影家照單全收的理念背道而馳，在他們的信念裏，人眼在觀看有邊框的影像時，是根據一個固定的視線移動，眼睛首先注意到所謂的「構圖焦點的核心」（一般皆取決於被奉爲圭臬的「黃金分割比例」），然後沿著一條被認爲是主導這條路線的視線來瀏覽畫面

的構圖。艾森斯坦自己也極為肯定這個觀點，在《亞歷山大・涅夫斯基》（Alexander Nevsky）一片中，那場雪中大戰所引用的視覺部分便是參考這種構圖形式為基礎。到了今天，這種概念在藝術批評中已經落伍了，而以黃金分割比例為原則的構圖，在繪畫藝術當中也已過時了。如果說十九世紀的確以這種觀點來觀察事情，那麼很顯然的，到了今天已經不是了。任何電影的影像顯然包括某些比其他的因素更能吸引人們注意力的地方，例如一個正在說話的人，我們會先注意到誰在說話。的確是如此，但是不管怎麼樣，我們仍舊會意識到畫面的整體構圖，如果我們特別注意那個四方形的圖框，將會發現其中說話的那個人僅只是畫面中的一部分而已，即使背景是全黑的，或灰的，或純白的，都是如此。因為，注視（look）與內在的心理過程有緊密的關聯，而觀看（see）則與眼睛的生理過程有關，所以當我們在欣賞一部影片的時候，宛如就像我們在欣賞一幅圖畫或一張照片一樣，**觀看**不再只是像我們實際生活情境下的那種**注視**而已，牽涉到有選擇性的注視絲毫不再受到無選擇性的觀看的影響❷。

　　然而，所有這些例子當中，都牽涉到一個基本條件：觀眾必須坐在距離銀幕的適當位置上，如果太近了，他的視野將無法涵蓋銀幕的全部，當視覺中心的興趣改變時，他必須得改變他的焦點，也無法抓住圖框中影像所建構的整體視覺效果。另一方面，如果他坐得太遠的

───────────

❷這裏所勾勒的是一個理想性觀眾的「完美典型」，進一步的研究顯示出電影觀眾常常把影片中的影像看成和他實際的生活差不多，那些未在畫面上出現的、游離的事物，完全被摒除於外，事實上，彈子球這種賭博遊戲的案例，在基本的角度來看只是一個極端的例子而已。

話，畫面將顯得過於簡略，而只會注意到那些興趣的中心，當他所看到的影像比電影工作者在觀景器中所看到畫面還小時（我們必須注意的是，觀景器的畫面是我們眼睛所看到整個視野），如此造成構圖最基本的原則將被扭曲（像在繪畫中，任何大小的畫框不能有效地執行特定的構圖，因為每一種構圖都有最適合它的大小比例）。我們必須將這些以及其他因素納入考慮，人們從數學中推算出最好的觀看距離是銀幕寬度的兩倍，而事實上，就目前的情況下，很難讓戲院裏的每位觀眾都能和銀幕保持這樣的距離（哪怕是維持在近乎合理的範圍內），而使這個原則無用武之地，但是這也彰顯了一個事實，未來在建電影院時必須顧慮到這樣差異❸。

一旦電影工作者意識到像這裏所羅列的電影畫面特質，那麼他對此做出何種結論呢？首先，說清楚一點，畫面總是必須考慮到整體的構圖，然而，構成任何一個鏡頭的可能性，就像每位電影工作者多變的氣質那樣，而一般構圖的問題是超越本書所探討的範圍。另一方面，很少有電影工作者會意識到，或者是去關注到，如果他們都意識到有機性地處理所有電影創作原材料或組織轉換的迫切需要，也就是說將每個連續性鏡頭的構聯，視為整體構圖的一種功能，從而吸納本書前面所討論到的以及未來章節將會進一步處理的形式因素，創造出一個結構性的參考架構。

❸這些評論是寫在傑克‧大地（Jacques Tati）的《遊戲時間》（Playtime）發行之前。儘管他掌握了一般電影的實際狀況，可是卻無法應用在大地的影片上，在電影的歷史上，它是第一部不僅必須觀看很多次、同時也必須以各種不同相對於銀幕距離來觀賞的電影。其形式可能也是第一部真正屬於「開放式」的影片，它只是一個個別突出的實驗嗎？傑作到了最後總會確立他的權威性並成為典範。

## 靜態的構聯

　　一般來說，第一個敦促自己將抽象的電影形式轉化為具體，並以造型的形式來創作的電影工作者，便是艾森斯坦。他也是可以真正地坐下來書寫一些電影形式論著的少數電影工作者之一。

　　艾森斯坦對他第一部作品《波坦金戰艦》（The Battleship Potemkin）的分析，強調整部影片有一個總體結構，並指出此片的結構是以古典五幕劇的形式，結合詩詞上的押韻以及黃金分割比例為基礎。然後，以片中極為著名的奧德薩臺階為例，探討經由剪接的技巧來展現影片的造型組織。

　　艾森斯坦告訴我們，這個段落的剪接以各種不同鏡頭動態內容間的對立（例如快動作之於慢動作，前進鏡頭之於後退鏡頭），以及鏡頭畫面大小之間的對立關係為基礎（如此便包括了每個鏡頭間被攝體或人物多寡的問題）。透過這種在形式對立上的交互作用，如此便建構了這個段落永垂青史的美學張力。

　　當他在分析《總路線》（The General Line）一片中那段宗教運動的段落時，艾森斯坦提出一個新的概念，就是所謂的「對位蒙太奇」（polyphonic montage），在某個場景裏，音樂聲中夾雜著各種不同的人聲（男人熱情激昂地高歌著和婦女們的歌聲），這還包括各種不同畫面大小的鏡頭。

　　然而，艾森斯坦最重要的發現之一，雖然他僅曾經稍微提到，就是他將剪接視為連接下一個鏡頭的一種構圖功能，特別是牽涉到從不同角度來表現同一個被攝體的情境之下，所形成的一系列鏡頭。

為了進一步了解這個概念的來龍去脈，我們只需追溯一下，在艾森斯坦尚未將他的興趣從繪畫轉移到電影之前的幾年，出現了一個新興的畫派，即立體主義（Cubism），更特別的是，這個畫派所標榜的實驗精神是它最佳的象徵，例如在一九一二年由格里斯（Juan Gris）對樂器所進行的研究即是這種精神的代表（雖然在此處也和義大利的未來主義 futurism 有所關聯）。如果我們研究一下「小提琴與吉他」（Violin and Guitar, 1913）這幅畫，會發現，也許由指板（finger board）構成的三個框邊其所再現出來的是一個音板「特寫」，會被認為是這幅畫的中心母題（motif）。但是，如果把這幅畫簡化看成是對一個物體的多面視角，某些程度上這就是它的母題，這也許過度簡化了，但是這卻可以看做十年之後，艾森斯坦對一個物體多面視角的先前經驗，最後發展成為將鏡頭剪接起來的美學策略。現在也許會被認為，格里斯的繪畫提供給我們的只是感官愉悅的一部分，而非簡單同時從各種不同角度來觀看一個物體，但是像人類眼睛這種觀看過程，去比較其他角度的觀點，以嶄新偽裝的感官客觀地辨識一般物體，利用差異性與相似性來加以比較，簡而言之，就是在不連續性當中找出其連續性，反之亦然。現在，根據眼睛對形狀的記憶方法，一個被攝體從不同角度所拍攝的兩個鏡頭銜接在一起的時候，可以在審美上獲得相同的滿足。更特別的是，因鏡頭連接引起了輪廓與範圍上的變化，相對於由邊線所提供的固定聯結來說，促使張力與排列組合發生作用，如此將使我們可以大飽眼福，也多虧於這種複雜性與特質，使它們被組織起來成為可能。

我們必須承認的是，雖然上文所提及的滿足，在本質上仍是相當

含糊的，不過其中卻明顯地存在著一種結構性的潛力。那就是這種愉悅反應了相當具體的因素，而這似乎肯定了所謂的三十度法則的存在。這個法則是在二〇年代由經驗建立起來的，當我們面對相同的被攝體時，若要換角度來拍攝，就必須和前一鏡頭的攝影角度至少相差三十度以上❹。電影工作者已經發現任何角度的變化必須超過三十度以上（這並不包括那些不變換攝影角度，僅利用攝影機或近或遠的移動，英國人稱它為「六角手風琴」concertina）否則會產生跳切的現象，讓觀眾感到不舒服。這種不舒服的感覺無疑是由於鏡頭角度變換的幅度過小，不容易進一步辨識所致。新鏡頭與前一個鏡頭沒有明顯的差異，尤其是兩個鏡頭間，被攝體與攝影機的距離相同時。但是也有人說，這種不舒服的感覺是由於鏡頭的切換，在視覺上並沒有顯著的目的，觀眾之所以會隱約感到不安，主要是因為眼睛的知覺受到頓挫所引起的，因為人類眼睛要看清東西在外觀上有任何的變化，就需要有引人矚目的改變，而所感受到張力也應當是極為清晰而顯著的。

我們也許可以簡潔地指出，雖然這些規則教給我們許多有關鏡頭轉換的重要特質，但是它絕不是牢不可破的，少於三十度的鏡頭角度變換已經成為現代電影工作者的語彙，因為，這早在討論一般人視線連戲與銀幕方向上的相配中，即已明白地指出，小瑕疵與轉換的不適切可能提供了製造張力非常有用的元素，就像高達在《斷了氣》中，

---

❹在格里斯的畫裏，我們將會注意到，這個規則只有到了小提琴的第一個與第三個再現中（從右邊數過來）才會被遵守，第三與第四影像「框景」的差異是極為細微的，而其間的差異特別是在形象的表現上。為了強調艾森斯坦的剪接與立體主義兩者相互比較的局限性，我特別提出這樣的說明。

或山姆・富勒（Sam Fuller）的影片中，通常在極端暴力的時刻裏，使用大量的跳切。

　　我們已經說過，艾森斯坦可能是第一位將畫面的構圖視爲在影片每個影像之間總體關係的一種功能的電影工作者。在《十月》一片中，一系列教堂尖塔的仰角鏡頭都是由簡單相反的對角線所構成，在懸掛自行車的段落裏，則用了簡單而又吸引人在黑色的背景裏閃閃發亮的圓形構圖形式。《總路線》包含了一連串牛奶分離器的噴嘴迅速閃爍的畫面，而在本質上，其所創造的空間關係則更加的複雜，它涉及在看到了噴嘴或多或少程度的伸縮，與「未經扭曲」正側面相同的噴嘴之間，兩者明顯的對比。而一輛大車又一台超強的曳引機，在銀幕上反覆地從相反的方向來回拖過，其所形成的銀幕方向與空間，也具有相似而基本的效果。但是，空間重組方式最完美的例子，也許可以在艾森斯坦被禁演的《貝金草原》（Bezhin Meadow）開場的段落中找到。這個段落裏，以躺在大車上的女屍體爲中心，他的兒子正啜泣著，而父親則站在一旁凝視著。這幅「畫」的每個元素在接下來的每個鏡頭中一一展現，然而每次出現都徹底地重新安排，使最初原來那個空間形成嶄新的風貌。不幸的是，我們已經無法詳盡地分析這個段落，因爲那些放大的劇照成爲這部影片流傳下來的唯一方式，而這些劇照即是影片的一切。但是，我們仍然可以肯定艾森斯坦在這方面處理的圓熟與成就。另一方面，《恐怖的伊凡》（Ivan the Terrible）卻包含了極爲有趣而迥異的對比。在那場貴族們正等待他們所預期的伊凡死訊的戲中，以三個某些團體焦慮臉孔的特寫開始，每個鏡頭的背景都可以看到一個相當明亮的圖象，只是每次都處於畫面的不同位置，在有關

人的構圖上是相同的，而在有關圖象的構圖上卻不一致。很顯然的，在這些鏡頭彼此之間並不相配（在鏡頭轉換間為了獲致滿意的重組效果，人物與圖象的相關位置很顯然的已經被更動了）。這種更動破壞了空間「連續性」那個牢固不可破的規則，而導致了我們在前面所談到的，產生了失去方位與不安的感覺，但是並非所有例子都是這樣的。為什麼呢？簡單來說，是因為艾森斯坦在此處已經創造了一個不尋常的電影空間：它是因段落裏所有鏡頭的總體結合而存在的❺，而當段落裏的鏡頭被排除在外之後，所謂獨立存在的空間已經不具有任何的意義。相反的，我們看見一個空間就像布拉克（Georges Braque）撞球台那樣存在了多面而複雜形式，而我們看到一個場景，是由各種連續鏡頭所組合出來的總體，這個場景聯結性是由各個鏡頭和諧地構聯所造成，所以這顯然是極為少有與難得的成就。在伊凡「死亡室」的段落裏，出現了一些類似「不好」的切換，那是因為他使用一些對位構圖的緣故（這是為了關照個別鏡頭內繪畫的諧調性），僅在創造出某些「不對」的感覺而已。在幾個不相配的鏡頭出現前後，屋內空間的統一性已經明確地交代過了，因此會讓我們覺得這幾個鏡頭在破壞這種統一性。然而，前面表現貴族的那幾個鏡頭，說明了鏡頭空間可以依循固有的法則來加以構聯，以至於使空間變成「開放性的」，也證明了從鏡頭到鏡頭之間，對被攝體的設計越是周詳，那麼這種開放性越是明顯。

❺德萊葉（Carl Dreyer）的《聖女貞德受難記》（The Passion of Joan of Arc）就是完全以這個簡單的概念出發，並為這個概念建立了一套完善的介紹。

黑澤明（Akira Kurosawa）是當代電影工作者中深受這個概念影響的人之一。這在他《天國與地獄》（High and Low）中的開場部分便已充分體現了這個概念的特質。故事從一個富有的企業家，在一間帶有突出外牆的客廳中活動開始，持續約一個小時左右，如此便經營了一個綁匪如何綁架企業家司機的兒子。在大部分的鏡頭切換中，寬銀幕隱約提供了強調視覺的組織原則，從一個鏡頭到另一個鏡頭其所切換的根據，是基於許多人物銀幕位置的不斷變化：企業家、他的家人、他的僕人、警官等等，他們不是全都在場，便是在房間中來回進出。而這種排列經常以選擇性的過程來組合。例如，第一個鏡頭中的人物A、B、C與D也許是從左到右排列，接下來的鏡頭，可能會選擇適當的攝影角度，並稍微調整他們實際的位置，於是便形成了D在銀幕極左邊，B在右邊，其他人則是在畫外，而在下一個鏡頭裏，可能是C、B、A從左到右新的排列次序。黑澤明將人物視爲一種**互換單位**（interchangeable units），這個概念已經遠遠地超越了傳統與銀幕位置相配的觀點，如此不但使得鏡頭的結構相當精緻而連貫，而且這個結構對於實際進行中的對話，提供了一個劇情開展的基本路線，也就是以一種可以稱之爲辯證關係的方式，不是用來突出對話，便是使其對位出現。

讓我們再次回顧一下電影史，找出一個植基於相同或類似排列型態的實例，來說明這個視覺結構，這個例子依然是人體，不過其功能僅只是一種參數，和在既定時刻中銀幕所出現的人物無關。這個結構原則可以在羅姆（Mikhail Romm）首部作品《羊脂球》（Boule de suif, 1934）的第一部分中找到，場景發生在一個局促的空間，也就是驛馬

車內。毫無疑問的，為了避免處理這個場景時出現視覺單調的局面，安坐在馬車內的一些人不斷地進行對話（然而此時卻是無聲的，因為這是他默片時期的最後一部作品之一），羅姆處理的分鏡很少出現重複的現象，這本身便是一項極為卓越的成就，並且也顯示出羅姆意識到了視覺空間需要不斷地變化。當然不僅只是在人物的身分、畫面大小、眼睛的視線與每個鏡頭臉孔數量上的變化而已，同時還不時的利用實焦或失焦的方式，對位表現車內的臉孔。有時畫面的右邊以實焦的方式出現一張特寫的臉，而此際背景出現兩張失焦的面容；有時一張臉雖是背景，但是卻以實焦的方式出現在畫面的中心，而另外兩張臉則以失焦的方式部分展現在畫面上，等等以上的做法。當這些變數與前面所提及的變數一起發生作用之後，其間所出現的變化則更加豐富，羅姆將這樣的作用淋漓盡致地發揮❻。

到目前為止，我們只有討論到在鏡頭轉換之際，兩個鏡頭之間的視覺關係而已，這種情形就像是我們在鏡頭Ａ所看到的東西，會和鏡頭Ｂ進一步加以比較，而這種比較產生了結構性的張力，如此也為剪接的類型提供了重要的判斷基礎。然而，將「溶」看成是一種視覺實體，基本上是沒有多大的差別，它只是在兩個空間構圖並置之際，提供了些許不同的方式而已。因為當兩個畫面重疊時，只不過就像直接

---

❻另外值得一提的是，把影片當成一個整體來看，這部片的第一部分與第二部分存在了一個全然的對立關係，而這完全發生在旅店內，攝影機與動作的距離始終是相當遠，也保持著相當大的景深，全部使用短焦與低角度鏡頭，這也顯示出威爾斯早期的電影風格特徵。令人好奇的是，這種分成兩個部分的做法在《天國與地獄》中也不無雷同之處，因為黑澤明在影片的第二個部分，放棄了第一部分那棟發生動作的公寓，轉而在東京的街道與貧民窟，場景的改變同時也帶來了風格上根本的改變。

切換鏡頭那樣，將兩個鏡頭原本是「想像性」的關係，進一步具體化。現在我們似乎早已遺忘了這樣的事實，僅把「溶」視爲串連兩個鏡頭或時間流逝的「標點符號」而已。可是，事實上，這樣運用「溶」的技巧是晚近才出現的成規。

當在默片初期「溶」的技法第一次問世之際，對於它的運用相當具彈性，並沒有賦予特定的意義，而且幾乎很難被用來顯示爲時間的流逝。因爲，字幕便可以解決這個問題，所以不需要使用到「溶」。在默片時代行之有年之後，在單一連續的段落裏，「溶」成爲從一個遠景鏡頭切換到一個特寫鏡頭時，尋求「緩和轉換」的一種手段（反之亦然）。更普遍的說法是，它通常可以創造造型、節奏與詩的效果（像岡斯 Abel Gance、屈拉克 Germaine Dulac、尚・艾普斯坦 Jean Epstein、荷畢葉等人的作品便是相當出色的例子）。甚至到了聲音問世之後，溶的技法仍舊依各種目的，以相當具有彈性的方式被運用著。例如，魯賓・馬莫連（Roubeņ Mamoulian）在《歡呼》（Applause, 1929）中將溶應用爲從一個人手持電話的鏡頭，轉換成彼端聽電話的鏡頭。直到若干年之後，時下「溶」所意味著時間流逝的成規，才眞正確立下來❼。

近來當代許多年輕導演對於此種技法過度簡化的運用，大肆進行反動，在他們的作品當中幾乎看不到這種技法（像高達、雷奈與哈農等人）。另一方面，布烈松看起來雖然好像在因循著這種成規的意義繼

---

❼ 這個標準化的理由和前面界定影片創作「零度」的建立有著休戚與共的關係。從影片感知的觀點來看，若欲闡述此種特定的發展情況，將是令人著迷的研究對象。

續使用，但是，實際上他卻把這種技法看成是一種結構性的因素，不管是運用其節奏性，或者是取其造型本身，只因為採用了默片時期，那種更具彈性與自由度的處理手法。就這一方面，令我們耳目一新的是在《鄉村牧師的日記》、《死囚逃生記》與《扒手》等片中，其所關注的是將溶轉化為自主的形式技法，在兩個構圖之間，如果它們具有相似或相同的素材，或者在兩個鏡頭之間，如果它們在素材上沒有相當的關聯，進一步利用這個技法加以具體化。尤其是在《扒手》中，當一個畫面溶入另外一個畫面時，我們可以看到手伸進口袋的角度是有所不同的，而在溶的過程當中，我們看到了畫面中手位置的變化，其實也可以看做是由艾森斯坦的發現，以及由羅姆、黑澤明等人探索出來的，是屬於剪接型態的進一步發展。當然，在溶與鏡頭切換之間，兩者在節奏上有著迥然不同的差異，在溶的轉換中，其過程並非在瞬間發生的，是一種「想像性」的，作用的長度持續幾秒鐘，所以過程並非那麼突然，而是很平滑的流過，最重要的是，「一切歷歷如在眼前」。但是，如果我們從現象學的觀點來看，這是一種認同。

在離開討論利用「靜態相配」來創造可能性關係之前，還要加以補充的是，對於兩個完全沒有關係的鏡頭，它們之間的串連並置問題。也就是兩個鏡頭之間完全沒有任何視覺相關性的構聯問題，是否可以完全不用「符號學」的方式來建構這種關係呢？這牽涉到一個非常微妙的問題。我認為這兩種鏡頭並置所呈現的任何造型關係，只能將它視為特殊情況，而不能進行一般性的分析，就算是以含糊的方式利用前面所談到的，兩個鏡頭間構聯的可能性涵蓋了某些共通的因素，也無法進一步加以分析。而這是每個電影工作者都應當體認的，以自己

特有的方式來克服問題，哪怕是用純粹經驗或實踐的方式。

## 動態的構聯

在本章前面的篇幅中，我僅局限於討論兩個鏡頭間創造平面關係的可能方式，所以基本上，在鏡頭切換的那一剎那是靜態的。當然，從一個鏡頭到下一個鏡頭，在切換時可以用運動中的部分來銜接，而用這種鏡頭變化來組織影片是否可行？或者是用兩個完全靜止的鏡頭，讓它們成為獨立的組織型態，或兩者相互串連並置呢？掌握這些結構型態的原則，應當同樣也適用於含有運動元素的任何兩個鏡頭。例如，在黑澤明的《天國與地獄》中，演員的動作並不影響上述所列舉的結構性原則。

艾森斯坦又再一次地首先注意到「動態剪接」的面向。在《波坦金戰艦》中，我們看到了在奧德薩臺階段落中，其基本的結構因素之一是上行與下行運動之間的對比。但是，在這例子中，實際運動的方向和出現在銀幕上的那些運動是相互呼應的，奧迪薩市民往上走的上行運動和士兵從台階下來的下行運動，運用拍攝的方式使他們在銀幕出現的時候，呈現相互對應的運動方向❽。另一方面，在《罷工》(Strike)一片中，有一系列的鏡頭表現一羣惡作劇的工人在吊車上掛著一個沉重的輪子，然後將監視他們工作的工頭撞倒。第一個鏡頭輪子是由右

---

❽這只有部分是真的，事實上，此一段落是「蒙太奇單元」這個概念所出現的大規模發展，也就是「好」與「壞」相配的辯證關係，從《罷工》一片開始，艾森斯坦從他的教學中逐漸將它理論化，參見 Vladimir Nizhny, *Lessons with Eisenstein* (New York: Hill and Wang, 1962).

向左擺動，第二個鏡頭輪子以相反的方向運動，而我們也從相反的角度看到工頭被撞倒的動作。艾森斯坦自己相當清楚，這樣做雖然徹底破壞了控制銀幕方向相配的原則，但是他覺得有必要以這種方式將鏡頭連接起來，就是不讓它們切出鏡頭之外，因為那種來自於相互切換所造成的不連續與強烈的速度感，成為一種美學的效果。

　　雖然在那個時候這只是一個單一個案，但是這也指出了，在影片中看來是真實，而且明顯連貫的銀幕動作，只要改變它的銀幕方向，便可以創造出某種結構的形式。在當代電影中，依照此種原則而創造出極為突出系列鏡頭的影片，可以在梅爾維爾（Jean-Pierre Melville）所執導《縱火者鮑勃》（Bob le flambeur, 1955）一片的開場中找到。破曉時分，鮑勃進入畢加雷（Pigalle）廣場，在他穿過廣場之際，我們可以從許多不同的角度看到他，而每一個角度的鏡頭都同時可以看到市政府灑水車在廣場上繞行。因為每個角度不同，在每個鏡頭之間，我們看到灑水車行駛的方向也不盡相同，時而從左向右，時而從右到左移動，有時駛離攝影機，有時朝攝影機駛進。這個段落的美感即是來自此種斷裂破碎的模式，這些在銀幕上所呈現的運動變化，和我們在心中自動地將這些重構為真實的軌跡，其實是相互對立的（或者認為這是真實的，可是通常是一種自欺的必要）。在這裡明顯地說明了，當銀幕方向的變化自動地等同於實際方向變化的那一剎那開始，電影觀眾的感知便發生了某些變化，如此這種反動便成為支配銀幕方向的「規則」。但是，在實際的情況中，並不是這麼簡單，誠如我在《恐怖的伊凡》中曾經指出，本片明顯地出現了銀幕位置的「不相配」，其實是在履行一種造型的功能（所以並沒有引起我們的「困擾」），而其他的切

換也是跳動式的，所以當錯亂之後伴隨而生的意識形成了一種能加以感知的結構時，銀幕方向的「不相配」即成為一種「有用」的技巧。在《夜》中，那個打扮亮麗的女花癡出現時，安東尼奧尼表現那位小姐用腳將門踹開，但是其實門並沒有上鎖，此時那門並朝著攝影機晃動著，下一個鏡頭是由室內所拍攝的特寫，我們又看到那扇門朝著攝影機來回擺盪著（這是利用運動做為剪接的切換）。仔細思索一下，第二個鏡頭中的那扇門雖然在「真實」的空間中方向改變了，但我們依稀記得那扇門來回擺盪的遺跡，所以我們很容易重新建構運動的實際特質，也就是儘管鏡頭間彼此不連續，但是經由運動的連續使我們可以立即明白情況。這兩個鏡頭便成為圍繞著這個段落核心中兩個極為強烈切換的元素之一，接下來的第二個切換，是從那女人為中心的正面特寫，轉換到女人位於畫面右邊的中景鏡頭，這樣的轉換完全忽視了協調性的支配規則，使接下來的段落裏出現了第二個突兀的斷裂。值得說明的是，在對於連續性時間被省略的部分，我們所體會到的態度，以及當我們把銀幕上的運動與實際生活中的運動加以比較的心理過程，兩者有其相似的地方。當然，這不是在我們分析過程中所遭遇到第一個雷同，也不是最後一個。無庸置疑的，這種相互的關聯性，顯示出各種電影變數的基本凝聚性，以及這些變數最後如何有機地相互產生關聯，以便建立一系列龐雜的排列組合，而這種組合是相當複雜的，複雜到超出我們可以想像的地步。

　　另一種動態構聯的型態，是把一個鏡頭結束前的內部靜態影像和下一個鏡頭開始時的運動影像銜接在一起。靜止畫面的閃現與快速運動鏡頭的交互呈現，這樣的技巧是二〇年代某些法國前衛派的創作者

喜歡用的。威爾斯所導演的《奧賽羅》便是一個相當成功的例子，該片中許多場景大量使用下列兩種鏡頭切換方式所建立而成的：第一個鏡頭剛開始時演員是靜止的，而到了鏡頭快結束前演員才開始動了，在下一個鏡頭我們仍看到他站在那裏不動，沒有完成前面的動作，動作的結束階段在鏡頭轉換中被省略掉了；或者採用另外一種方式，演員雖然在第一個鏡頭裏是靜止不動的，但是卻在第二個鏡頭中完成了第一個鏡頭的動作。在《奧賽羅》中經常出現這樣的鏡頭轉換，當然便造就了相當特殊的節奏和極為彈性靈活的結構，而這樣可以藉由兩種切換，或連續性的直接切換與其他時間省略的形式等三重組合在一起交替使用，使其更加的多樣化。毫無疑問的，就像這部作品所運用的，像這種型態的鏡頭轉換可以和各式各樣已經介紹過的靜態切換，聯合起來使用。

雖然靜態與動態的鏡頭各自涵蓋了不同的元素，但是它們之間也有可能出現相似的關係。某些導演，像巴頓（Juan-Antonio Bardem）與卡柯楊尼斯（Micheal Cacoyannis）偏好使用這類鏡頭。不過這種技巧顯得過於膚淺與機械化，有機性不足，這和帶有動作「簡化省略」的鏡頭轉換加以比較，在兩個鏡頭所界定的空間中，增添了與「水平」對立的「垂直」面向。

到目前為止，我們只有討論到運動的兩個向量之一，就是方向。此外，尚還有速度。銀幕上所看到的速度和攝影機與被攝體的距離有直接的關係，如果我們以中景來拍攝一個人舉手的動作，然後再以特寫拍攝同樣速度的動作，那麼特寫所顯示出來的動作要比中景快得多，因為在舉手所花的時間是相同的，在中景裏，手在銀幕空間移動

的距離只是一點點而已，可是在特寫中卻有一大段距離。可以被接受的實際操作，即是我們曾經提到的「零度電影風格」的表現，這需要變更兩個鏡頭間的「真實」速度，才可以達到彼此在銀幕外觀上的相配程度。很顯然的，在這裏我們再次要處理的情況，是和不連續及與之對立的連續性有關的問題，而事實上，電影工作者基於辯證性的目的，可以利用這種呈現速度的差異，在這個例子裏，就如同其他涉及到有關運動剪接的問題一樣，想像這類辯證關係究竟如何與方向的辯證關係結合在一起，其實並不是那麼困難。

就這一點上，大家可能注意到了本章分析的並沒有涵蓋全部，也沒有系統性，但是整體來說，比前兩章還要來得實用些，也許是因為本章所處理的問題遠比時空構聯、畫外空間和銀幕空間所涉及的問題，相對來說更為難以觸摸，更為廣泛。本章所討論的任何現象都是很難進一步加以說明和分類，在這樣的脈絡下，分類也許不能提供任何有用的意圖，因為剪接做為一種造型藝術，本身便是一個極為複雜的對象，以至於像我們這些與電影有關的人，依然沒有掌握到對它進行嚴謹的分析方法。此時此刻，任何在這個領域的研究有必要採用實用的方式，也就是針對影片製作來談。不管是當代或是未來，體認到此種問題存在的創作者，在功能性地組織「相配」的方法上，將會發現遠比此處所列舉出來的還要有用、還要複雜，同時也更加的嚴謹，如此再回顧本書所節錄的實例，似乎顯得相當不成熟，但是，至少這也許是展開討論的起點。

第二篇

辯證關係

第四章

# 結構組成的簡單要素

接下來所要談的是曾經在第一部分提過的電影形式的辯證概念。有必要再次強調,這並不是特指黑格爾(Georg W. F. Hegel)所說的辯證法,也許從音樂中援引當代法國作曲家與理論家巴洛克(Jean Barraqué)曾經提出所謂的後韋伯主義(post-Webernian)的「音樂辯證法」,其實也不太適當,因為這個辯證法是指在音樂空間中各種不同的音樂參數(音高與聲音的持續性、樂器的震撼、音色,甚至是靜默等)。誠如我們曾經指出的,電影的參數也有相同特質存在,在此之前,我大部分關注於從分鏡的觀點(相配的時空特性、銀幕空間與畫外空間的關係以及兩個鏡頭之間的造型互動),來檢視這些參數中最重要的部分,而這些特質也提供了採行辯證組織的可能性形式。也許可以順便一提的是,顯然仍舊有其他這種參數,而導致它們出現了類似的組織,像鏡頭大小的差異、攝影機的角度與高度、方向性、鏡頭中攝影機與被攝體的運動速度,當然還有一個**鏡頭持續的長度**(duration of a shot)。然而,倘若僅檢視持續長度,這迫使我們必要面對一個基本問題,如此便會暴露出將其類比成系列音樂的局限性。因為,在系列音樂的辯證法與電影的辯證法之間,雖然存在著普遍的相似性,但它

們兩者之間仍存有基本的歧異，事實上，電影的辯證法不可能像音樂那樣，最後可以用純數學性的方式來展現或記下來。然而，如果說有一個電影參數可以很容易地簡化爲像數學那樣純粹，那就是以秒和格數來陳述鏡頭所呈現的時間長度。甚至有人曾經建議，這樣的時間長度可以構成類似像「音程」（tone rows）的東西。可是任何電影工作者平時的經驗（以及那些獨立於內容之外，曾經將鏡頭持續時間加以組織的零星實驗）已經很清楚地顯示出，觀眾衡量一個鏡頭的長度是受到**易讀性**（legiblity）所制約。簡單來說，易讀性便是它的直接功能，一個單純而有兩秒鐘的特寫，會比同樣長度擠滿人的遠景，在感覺上來得更長❶，而黑或白畫面也一樣顯得比較長些。因爲這個緣故，可**感知**時間持續的結構是一種過程，在最後的分析中，其複雜的程度就像建構時間省略過程所體驗到的那樣；而基於同樣的原因，任何僅以幾秒或格數所測得的電影節奏模式，將永遠無法像音樂的模式那樣去體認，除非它只是簡單地利用黑與白的畫面交替出現，如果影像所呈現的是相當複雜的，那麼這個節奏單元就不是那樣的純粹抽象，根本就感覺不到它有一貫的固定模式。

雖然這樣，建構時間持續與易讀性這種雙重現象的可能性方法，便成爲每個偉大的電影工作者都必須以自己的方式來克服的問題。雷奈也許是最能意識到這種問題的一個，他可能是首先理解到寬銀幕的問題，寬銀幕與其說它迫使創作者僅相對地利用它來延長鏡頭（因爲

---

❶當然這不是影像難以辨認的唯一原因：它可以來自各種不同視覺干擾的形式，像影像倒置或模糊，或者聲軌部分讓你分心，或者甚至是銀幕的寬度（如我在後面對《去年在馬倫巴》所提出的看法那樣）。

在這樣的形式下，觀眾欲解讀每一個鏡頭顯得越加的困難），毋寧說是，在相當的程度上，它**拓展**了時間持續與易讀性之間關係的可能範圍。在《去年在馬倫巴》中，他似乎有意用很長的鏡頭和很短的鏡頭交替呈現，而短鏡頭有時甚至只有幾格畫面而已。更廣泛來說，雷奈是少數的作者之一（還有荷畢葉、艾森斯坦以及馬可布羅斯 Gregory Markopoulos ❷），這些人已經了解到時間持續與易讀性之間的關係，本身即可建構一個辯證關係，而且發現一個鏡頭時間是否足夠，對於它的易讀性並不是那麼重要，創造性的因素存在於解讀一個鏡頭的難易程度，有些鏡頭顯得過短以至於「順利」讀取（如此便可以透過這種挫折感來創造「張力」），或者長到可以一讀再讀，直到令人感到厭煩為止（因厭煩而產生「張力」）❸，這些構成了時間持續辯證關係的兩極化（或者是兩個向量），如此到了最後其所產生的視覺節奏，其複雜性就像當代的音樂一樣。

和一部電影分鏡有關的參數，除了這些以外，尚有其他潛在的辯證關係存在，我想我可以很清晰地將它們列舉出來，因為它們在本質上呈現了相當顯著的兩極性。

首先是**攝影參數**（photographic parameters），其中最重要的要算是柔焦與實焦，以及和兩者有關的景深問題，我在羅姆《羊脂球》一片

---

❷馬可布羅斯的偉大創新，包括他把長得令人難以忍受的鏡頭和僅有一格的鏡頭交替閃現，更重要的是，在《二度成為男性》（Twice a Man）與《他成為她》（Himself as Herself）兩部影片中，常常在最美的時刻插入單格的特寫，而這個插入的特寫是由段落中的細節部分所組成的，這個技巧充滿了許多可能性，但是尚未得到應有的發展。

❸鮑羅維斯克（Valerian Borowczyk）的大作《戈托，你的愛》（Goto, l'lle d'amour），即是這種用法的最後代表者，同時也是所謂的「複雜辯證」關係最佳的例子。

中討論其構圖時，曾經處理過部分這些參數。然而，第一批創作者實驗這個主題，並到了應用的程度的，有屈拉克、艾普斯坦、岡斯與荷畢葉等人，這輩人往往被稱為法國印象派或法國第一期前衛電影。他們所關注的是反對因焦點的關係，而降低了人為延伸景深的長度，促使他們對鏡頭光圈的運用非常的小心。為了達到此種目的，他們利用輕紗，或將鏡片塗上凡士林，而使同一景深的畫面，有一部分是實焦，另一部分是柔焦。像荷畢葉的《愛爾·多拉道》（El Dorado）第一場戲裏，我們看到面前攝影機的是一排坐在凳子上的女孩們，其中有一個女孩是伊芙·法蘭西斯（Eve Francis），在畫面中她被處理成柔焦，而在鄰座的女孩們則是實焦。這些電影工作者也注意到鏡頭中從柔焦到實焦的使用，主要是經由演員移動的深度來達成。幾乎所有俄國傑出的導演，如艾森斯坦、杜甫仁科、羅姆等人，尤其是巴涅特（Boris Barnett）極力地探索這種效果。

在日本，小津安二郎對實焦與柔焦所形成的對比可能性也產生同樣的興趣，在他的《獨生子》中便出現了一系列有關這方面令人讚嘆的鏡頭，首先我們看到的是兩個人面對面，側對著攝影機坐在那裏，處於前景的枕頭是實焦，可是在背景裏的人物卻是虛焦。而在進行對話之際，通過正/反拍鏡頭陸續看到人物正面的容顏，此後攝影機又回到最初的角度，可是這個時候，枕頭卻在焦點之外，焦點則落在兩個人物身上。這個對稱的結構雖然僅只是基本而突出的案例，但是其實它已經明白地揭示了我們所指稱的辯證關係，在小津安二郎的這部影片和其他的影片中，還可以找到有關這方面的例子，而在許多當代傑出導演的作品當中，也可以看到這種對柔焦與實焦之間關係的運用，

其中最爲人知的便是安東尼奧尼與雷奈，但是布烈松卻是其中佼佼者，在他的影片中，這兩個參數往往呈現強烈的對立關係，有時是基於構圖的理由，或者基於整體結構的考量，而往往與出入鏡和空鏡頭有關。

其他的攝影參數，至少與黑白影片而言，明度便和攝影有關，也就是反差、濃度與明亮度，電視上也是使用這樣的術語。攝影風格的混成必須有系統地運用於電影中，而這幾乎與場景的變換有著相當大的關聯，如外景與內景的變化，就像在《去年在馬倫巴》所呈現的（許多爲大眾口味所攝製的影片可以看到，如《義大利式離婚》Divorce Italian Style），在過去與現在之間交替（如《廣島之戀》），還有夢境與現實、夏天與冬天等諸如此類的交替變換，都經常可以看到。另外一個例子是馮·史登堡（Joseph von Sternberg）的第一部影片《求救的人》（The Salvation Hunters, 1925），此片分爲三個部分（外景、內景、外景連續交替出現），每個部分都有極爲獨特的攝影風格，這種在反差與濃度上的變化（或漸層式的變化），也許可以構成爲一個自主的結構，而這樣的結構不一定必須和場景的變化同時發生，因此，在鏡頭中或每個鏡頭之間，便建立了一種複雜的辯證關係。應該進一步加以補充的是，關於這點儘管是在純黑白或全彩的影片也依然無法企及，可是在有些黑白與彩色混用的影片中也在進行此類的工作❹。在一部作品中，混用黑白與彩色影像的實驗，可以追溯到影片製作的初始

❹很顯然的，就風格上的斷裂與對比而言，彩色片比黑白片在進行各方面的嘗試時要自由的多了（像安東尼奧尼的《紅色沙漠》與雷奈的《穆里埃》Muriel）。

時期，那些「初始」的創作者（特別會讓人想起梅里葉 Georges Méliès）時常將他們的影片部分或全部染色，岡斯的重要作品《拿破崙》（Napoleon, 1927）對這方面便更加積極了，其中有一個段落就是拿破崙站在懸崖上遠眺大海，一連串染有不同顏色鏡頭銜接在黑白影片的上下脈絡中，如此產生了極為驚異的視覺效果，這類實驗在彩色影片問世之後，或多或少被放棄了❺，但是在近十五年來，一批年輕的電影工作者又重新採用這種方法。雷奈在《夜與霧》(Night and Fog, 1955)中交替出現了彩色與黑白影片的段落，然而，這又是另外一種更替，就是在「過去的紀錄片」與「現在」所拍攝影片之間的交互更替，也許是第一次有人嚴肅地想以此二者為核心，嘗試創造出一個結構，一個可以讓敘事結構單獨地發揮功能的結構，儘管它們之間存在著辯證關係，就像萊普夫（Monique Lepeuve）的短片《實例》(Exemple Étretat)，這位年輕的工作者曾經針對一些基本的電影形式與語言等問題，製作了許多實驗影片，而在這部影片中，特別是針對所有濃度的黑白影像與單色影像，以及使用色譜上任何色彩的多色影像，做為主色系，或完全沒有主色系，簡而言之，如果以迅速連續地更替的話，每種顏色所呈現的影像都被賦予最大意義。此外，這部影片的剪接設定了一個複雜的基本節奏，而其另外一個構成元素則混合了實景鏡頭與舊明信片鏡頭。最後一個元素，半說半唱（偶爾還會出現口哨聲）的解說，似乎交替地貼合影像而又遠離影像，使這部影片的結構顯得

---

❺黑白與彩色段落之間的交替使用，純粹是基於敘事的需要而使用的，似乎已經被人們忽略了（例如像《通往天堂的階梯》Stairway to Heaven 或《你好，特里蒂斯》Bonjour Tristesse）。

簡潔有力而不失其豐富性，然而這與前面所討論的那種簡單電影辯證關係的使用加以比較的話，代表著這種關係往更為複雜的運用邁進。

在討論第三種辯證關係型態之前，我們也許必須稍微提一下在彩色與黑白影片之間，存在著一種對比的特定型態，這顯示出一種過程，那就是它已經被更為廣泛地應用，而事實上，在任何的辯證結構裏它扮演著非常重要的角色。以較少使用它或僅有使用幾次來強調一個參數兩極化中的一個，此一程序所組成的概念，與後韋伯序列音樂所運用的技巧有極為相似之處，因為都在強調某一種音符或音域。在整部影片中，這種做法並非有系統地交替運用彩色與黑白的鏡頭或段落，有些工作者是在原先全是黑白的影片中，放進一段彩色的段落，或者有些甚至僅使用一個鏡頭而已（例如在安妮・華妲 Agnès Varda 的《克莉歐五點到七點》Cleo from Five to Seven, 1961 中的片頭字幕，與哈農的《第八天》Le Huitième jour 中賽馬場那個段落）。毫無疑問的，這種技巧最為傑出的運用應當可以在黑澤明的《天國與地獄》中找到，一對彩色的鏡頭突然閃現在銀幕上，感覺像陣煙似的，而採用紅色是由於劇情的設計，但是實際上它看起來相當的突兀，好像是沒有任何根據而出現的訊號，而它的出現也揭開了影片第三部分的發端，這部分所處理的風格迥異於前兩個部分。

最後，很顯然的還有一系列聽覺的參數，它與視覺參數是處於對位的關係，並且可以（通常是已經）組織成為一個辯證結構，然而，聽覺參數相當重要，所以我想另外獨立出來，專章討論它。

現在讓我們進入第三類的辯證關係（雖然我的努力有點像百科全書那樣，難免有人會質疑我的做法），可以稱它為**有機的辯證關係**

(organic dialectics)。顯然在這些辯證關係中,最簡單的便是一個影像與其不在場(absence)的對立關係(聲軌上聲音的出現與不出現,必然是一種對立關係,像高達的《我所知道關於她的二、三事》Deux ou trois choses que je sais d'elle, 1966 就是如此)。這裏我們所處理的辯證關係和前面所討論的,其最大的不同之處在於前面被化約爲兩極,也就是它被局限於處理簡單的更替(雖然在兩極端點的範圍內,可以出現次辯證的關係,但這是因影像的缺席所造成的,也就是說銀幕從黑到白可以有各種層次的濃度出現),因爲不管一個影像是多麼難以理解,它仍舊是一個影像。從傳統的觀點來看,一個影像在銀幕上缺席了,便成爲一個「標點符號」,像溶的功能一樣,用來「暗示」光陰的消逝。學院的電影理論家認爲,溶的時間消逝,要比由淡出(fade-out)到全黑所代表的時間消逝來得更短些,這點其實並沒有實際的知覺依據的,只在表達一種慾望,想要將一些原來是本性的、有機的價值轉化爲約定俗成的陳規。某些電影工作者,像杜甫仁科、梅爾維爾,其中最重要的是布烈松,當他們繼續使用淡出黑畫面做爲標點符號之際,同時也會察覺到淡出所可能出現的結構價值,會像溶一樣具有基本的造型價值。但是,主要是由美國「地下電影」的年輕實驗者,真正致力於把影像的出現與缺席當成是具有同等價值的兩極,以這種對立的關係來組織整部影片。布萊克基(Stan Brakhage)的《黑色的倒影》(Reflections on Black)與布魯斯・康納(Bruce Conner)的《一部電影》(A Movie)都使用很長的黑畫面,使這個原本只具有標點符號的功能,扮演更爲積極的角色。但是,就我記憶所及能夠想到則是傑可布斯(Ken Jacobs)《金色眼鏡蛇》(Blond Cobra)。雖然從許多方

面來看，它只是一部微不足道的影片，但在這部影片中出現了一段相當長的黑畫面（這是由於其中有一個人物把鏡頭擋住了），而同時史密斯獨特的聲音述說著一個又一個粗野的故事。當影片開展之際，每次只要有人接近攝影機（這部電影在一個小閣樓拍攝，而且都是採近距離直接拍攝的方式，本片的創作者也盡量利用這個特點），觀眾對黑銀幕所形成的「壓力」感受也就越來越強烈。這種「壓力」最後以他自認為有趣的方式，提供一個不太成熟的辯證關係。

現在我們必須討論一下兩個「和弦」（triads）的問題，這個最初我們所考慮的，在電影辯證關係中，似乎扮演著最基礎的角色。首先，這些牽涉到圍繞著同樣動作的往前與倒退運動，其次是相對於正常速度的快動作與慢動作，這兩種「和弦」引發了兩種辯證關係的可能性。艾普斯坦以這些參數做為他在理論性撰述的基礎，從而創造屬於自己電影審美的哲學觀，因為他似乎把這些看成是電影藝術非常重要的根基。這種偏見使他提出許多概念，而這些概念明顯地預示某些極為當代的概念，特別是那些有關不連續的看法，但是就我的觀點來看，他的理論似乎脫離了實際的操作，而顯得與實踐沒有太大的關聯。除了使用它們來修飾敘事之外（快動作產生「笑鬧」的效果，而慢動作則呈現「詩意」的效果），很少能有人從結構上嚴肅地嘗試運用這些系列，甚至要找到快動作與慢動作其成規性內涵的例子也不多，僅有幾部實驗性的影片以及維多夫（Dziga Vertov）的《持攝影機的人》（Man with a Movie Camera）可以看成是進行這方面嘗試的例子。儘管在黑澤明的某些影片中，深思熟慮地運用這種技巧於非敘事性的片段，但是，有一個重要的事實，就是這些參數所獲得的效果，過於「表現化」，過

於「花俏」（就像扭曲性的鏡頭所表現出來的那樣），因此在一個敘事架構下很難發揮其獨立的功能，並且也僅能在這個敘事層次上結構性地運用它**❻**。

另一方面，運動影像與靜態影像所建構的兩極對立關係，實際上已經行之有年，有時多少帶一點辯證的方式來使用它。克利斯・馬蓋（Chris Marker）在《堤》（La Jetée）一片中所使用的完全是靜態影像（實際上，雖然這涉及到像使用相片做為材料之類的東西，這將在後面進一步討論），但是從整個脈絡來看，每個鏡頭的呈現其實都是動態的（那位張眼的女孩），如此便構成本片劇情開展的核心。楚浮《夏日之戀》（Jules and Jim）與許多年輕英語系導演，都把定格的畫面視為一種標點符號與視覺噱頭，當然成就也參差不齊。

然而，另外一個有機性的辯證關係已經證明了，就它的可能性而言，是相當豐富的：真實場景與動畫鏡頭的對立，此技巧可能的發明者是寇勒（Emile Cohl），他是動畫影片最偉大的先驅，他的動畫段落往往是放在現實片段的中間，但是他主要的旨趣在於將真人帶入那個由圖形轉換成清澈的瀑布。然而，在華特・迪士尼（Walt Disney）手中，這個原則卻遭到徹底的破壞，在《拉丁美洲之遊》（Saldos Amigos, 1943）一片中，強調其寫實性與繪圖的透視性，已經破壞了寇勒致力於探討人工繪圖與真實場景互斥的對比效果。然而，最近美國與捷克

---

**❻**然而，胡迪爾（André Hodeir）對倒退動作提供了一個極為精采的處理手法，通常是在某個段落裏以正常的前進動作呈現了所有的畫面，接著再用倒退動作重複上一個動作（有時可能連聲軌部分也不一樣），而在每一個情況下，雖然其意義截然不同，但是都可以全然了解這一連串畫面。

的動畫家以更爲現代、更巧妙的結構形式採用了相同的技巧。志曼（Karl Zeman）的傑作《維納的神奇世界》（The Fabulous World of Jules Verne）從頭到尾以各種不同的方式混用了真人與動畫。在志曼的處理方式裏，可能第一次有人這樣用的，一個真實場景的中景鏡頭之後，銜接了一個**很明顯**是用動畫處理同一個場景的遠景鏡頭（這種特殊效果在《大金剛》King Kong, 1933 影片中，爲了保持連續性**幻覺**的用法剛好相反）。志曼在他後來的劇情片中繼續探索這種真實與動畫動作混合的可行性，但是從形式的嚴謹性與詩意的張力來看，卻遠遜於第一部作品。縱然，如果想從中獲得某些東西的話，就應該避免像志曼那樣偏愛使用繪圖風格的模仿，不過這個領域仍舊是一塊有待開發的處女地。

除了孤立像寇勒這樣的例子以外，有機辯證性這一個概念是最近才發展出來的，長久以來，素材與風格的統一始終是被大家普遍遵循的法則（這是承襲傳統藝術的概念而來），直到電視出現以後才告打破。我必須附帶說明的是，也許這正是電視這個媒體的最大貢獻之一。突破了類型之間的障礙，特別是相當自然地吸納了「現場」與「劇場」兩者的合成物之後，電視刺激了以類型和其固有素材巧妙混用爲基礎的新形式與新結構的出現，並從這些混用的結果，開始探索這種辯證關係。在法國，拉巴特（André S. Labarthe）——他是《我們這個時代的電影工作者》系列影片的聯合製片人及主要的藝術指導——是最能體會到這些可能性的電影工作者之一。在他許多節目裏（例如討論到岡斯、高達與林哈特 Roger Leenhardt 等人時），拉巴特交替使用訪談的內容與「原始」的文獻，企圖建構一種在基調與風格上不顯眼的斷

裂，一方面，討論創作者其作品的片段；另一方面，以此創造出**不連續**的評論形式❼，取代了古典紀錄片那種平滑的連續性，而這個方法卻不像現代音樂那種不連續的技巧。特別是在高達的節目中，其所運用的辯證關係是以不易察覺的「延異」與「回溯」的轉換技巧，以至於在風格與素材的對比關係上，造成了極為明顯的斷裂，如此在仿效高達影片風格與率性的訪談之間，揭露出其間的曖昧關係，高達與拉巴特在車上交談，當鏡頭轉換後，我們所看到的街景是高達的影片《阿爾伐城》（Alphaville, 1965）出現的街景。而影片與電視所呈現的正好相反，影片是高達自己不遺餘力地探索風格與素材的集合，而他也把這種混合做為他創作的基本結構要素。《賴活》（Vivre sa vie, 1962）一片中，其結構便極為簡單，利用一些字幕將各個段落獨立分開來（這在有聲電影中是極為原始的處理素材方式），而這取決於每個段落之間其不同風格的對立關係所致：真實與虛假的訪問，也就是相對於伴隨畫外音、編造一些新聞影片的假紀錄片風格等等。在《一個已婚婦人》中，其形式並不是那樣的刻板化，在一連串表演的脈絡中，突然插入所謂真實的（？）「真實電影」（cińema-vérité）的段落，如此便達到某種抽象程度，從而構成了形式素材上的第三個層次；此外，我們可以看到這部影片利用突然插入廣告招牌與標語來做為他的標點符號。所有這樣的結果是一種大量的「時間拼貼」（time collage），而這些風格上的斷裂提供了一種組織原則。當然，影片的節奏並不是永遠盡如人意，而當挑選演員時，也不能賦予他雙重的角色。這種拼貼的

❼詳見第十章。

技巧在高達後來的《狂人彼埃洛》(Pierrot le fou, 1965) 中表現得更為淋漓盡致，以一個嚴謹的戲劇架構（這個架構本身在「動作」與「敘事」之間的辯證關係，留待後面再詳加討論）來烘托整合影片的總體結構。在這部影片中，雖然不像《賴活》或《一個已婚婦人》那樣，每個段落都是涇渭分明，然而，他使用了某些極為特殊的形式（音樂喜劇、警匪片、電視採訪、通俗劇、連環漫畫與夜總會表演等形式）來闡釋這個核心的敘事架構。因此，這種更替的形式不僅是影片結構的基本元素，同時也是他的對象之一。

　　儘管高達所處理的是攝影機與角色之間整體的關係，但是他總會提醒演員該如何表演之後才進行拍攝。在他所拍攝的影片中，就我所知，唯一使用隱藏攝影機的技巧即是在他的第二部作品《女人就是女人》(Une Femme est une femme, 1960) 當中。誠如蘇姍‧宋妲 (Susan Sontag) 曾經說過：「高達並不是在拍即興式的影片，而是他偏好某些影片看起來像是即興之作。」另一方面，華妲在《歌劇墨菲》(Opéra-Mouffe, 1958) 中便創造出在「現場」與「表演」之間辯證關係極為嚴謹的範例，這是經由事前的精心設計，使得這兩個鏡頭之間的連接，外表看起來是同時的。在相對的時間長度上，雖然其程度差異迥然有別，而段落的嚴格劃分卻提供了一個組織其他辯證關係的基本架構。對於在現場與演出之間辯證關係上所提供的精確搭配，將會變得更加豐富，因為它呈現的範圍是從「原始的寫實主義」（未經彩排的現場影像）精心安排，賦有「詩意」的「非寫實主義」（精心設計的影像），而在此二者之間，卻蘊涵著某種相當曖昧的**想像性的社會** (fantastique social)（表面上看起來好像是相當的自然，實際上卻是預先安排好的）

❽。

　　從此之後，劇情長片便進行了許多這方面的嘗試：在舒曼（Vilgot Sjöman）的《黃色，我好奇》（I Am Curious, Yellow）的影片中，特別讓我印象深刻，他以全新的辯證關係來改造那些陳舊的電影技法，而使用某些電視節目的技巧（這在第十章將會討論到）也是讓人印象深刻的。

　　最後，雖然高達像使用廣告招牌那樣❾，在其影片當中成功地運用了名畫做為劃分段落的標記，但是就我所看到的，其將繪畫整合成為辯證的物質，到目前為止，仍然沒有令人滿意的實例。當然，如果就平面的相片而言，情形並非如此。像克萊（William Klein）在其《恰似蝶舞蜂螫》（Float Like a Butterfly, Sting Like a Bee），以及不具名的《巴黎十月》（October in Paris）的剪接上，這些我們都可以看出才華洋溢的高德曼（Peter Emmanuel Goldman）時常以極為突出的方式，在同一個場景中一起處理了相片與現場的鏡頭，在他們的作品中，一個動作其視覺再現從一個形式轉換到另一個，往往會產生了一種不尋常的、極富詩意與節奏的印象。

　　就如同我們前面所說的，影片風格的辯證關係是個別鏡頭及其相配的層次開始的，儘管它們也許到了最後是整個段落，或整部電影的基本結構。至於「攝影」的辯證關係，不僅可以很容易地在段落間，

---

❽在這方面，我們不應當忽視一個偉大的先驅者維多夫，他在《持攝影機的人》影片中，便以令人震懾的現代主義手法將「現場的」與「劇場式」的影像並置使用。
❾也就是說在形式上也是如此，必須進一步釐清的是，當涉及到參數的結構功能時，我並不能忽視一個事實，那就是在一部影片眾多複雜的客體之中，參數還扮演著其他的功能。

同時也可以在鏡頭之間發揮其功能，而所謂的「有機」的辯證關係較傾向於段落之間所產生的作用，也就是說，他們偏好於遵循影片的**敍事線**，而較反對採用分鏡或造型的組織結構（如果所採取的是傳統的觀點，那顯然與此處所討論的扞格不入）。另外一個極為重要的辯證關係類型，也必須考慮到，這攸關一部影片的敍事架構，因此它與段落的概念有密切的關聯，除了某些當代電影工作者，他們致力於將個別鏡頭視為一個段落的基本敍事單位之外，這就是「敍事時間」的辯證關係，換言之，這其實是第一章所討論的時間跳躍或省略、前敍或倒敍的延伸性組織。很顯然的，人們直到電影史的晚期，才注意到敍事時間的辯證關係的可能性，其中最受人矚目的是卡內的《日出》。環繞著一個動作展開影片的「現在時態」所進行的倒敍（或前敍）的構聯，為建構敍事時間提供了最顯著的手段。但是，在敍事時間上，簡單有機線性鋪陳的發展，卻是最近幾年來的事，這種藉由錯綜複雜的辯證關係所形成的結構，便是下一章所要探討的主題。

當代電影中，在處理倒敍（其作用是在一種非編年體例的敍事中，仍蘊涵著不明顯的時間推移）這個技巧時，最佳的代表要算是史特勞普的《絕不妥協》。以現代德國歷史做為衡量影片的時間標準，其中心的辯證關係便是與這個標準有關的段落，可以在這個時間基準點上往前或向後推移的方式。在《去年在馬倫巴》中，其處理的方式完全不同於以往，而且更加的豐富，它的每一個段落（或每個段落中的鏡頭）其所代表的一個或多個段落，也許是過去的，也許是現在的，也有可能是未來的「時態」。這種曖昧的辯證關係以及它本身所產生的變化 ❿，便形成了複雜而獨立於影片敍事的結構（雕像的主題性差異、欄

杆旁的女人等等），或它的造型價值（攝影機運動、畫面大小與省略的結構等等）。時間的辯證關係是相當基本的，而它所涉及的問題也太多，像關於所謂的形式-內容二元論的問題，因此，這裏所簡單列舉辯證關係的清單，其範圍仍舊是相當有限的，所以很難進行更深入的探討。

不管是否將時間的辯證關係區別成為一個獨立的關係序列，抑或是否被納入段落之間辯證關係兩相交集的部分，在任何情況下，後者構成了簡單結構最終的主要類型。在兩個段落之間的辯證關係還有相當多，而且這些都是電影工作者基本的運用工具。

大部分的電影編劇，甚至是那些最商業化的編劇，都深諳在連續的段落之間製造**某種**對比關係，無論其所使用的是延續的時間、節奏、基調，或者是三者的結合，皆是創作的最佳之道。然而，僅有極少的電影工作者試圖利用這三個參數，以**抽象**的方式來建構他們所有的作品。本章曾經援引了《歌劇墨菲》中著名的範例，來解釋段落的持續時間與其本質上的差異，而在第一章中我也曾列舉佛列茲·朗的《M》來說明。但是，在這些電影工作者中，最關心時間持續這方面的問題，毫無疑問的非布烈松莫屬，尤其是在《鄉村牧師的日記》以及後來影片當中。這部片子以簡短的段落為發端，逐漸成較長的段落之後，最後居於主導的地位（也就是說，其實段落並沒有比前面的長，而是出現得更為頻繁而已）。此外，較短的段落伴隨著畫外音敍述的出現與順

⑩這早在 1927 年艾普斯坦在《三面鏡》（La Glace à trois faces）即已倡議並進行實驗過，這也是第一部在體現一個概念，就是「沒有故事，也從來就不是任何故事，只是一個無頭無尾、既無開始也沒有結局的事件」。

暢的節奏，其中還包括了大量的構圖重組以及重新框景；另一方面，較長的段落是隨著同步的聲音，以及利用正/反拍鏡頭來組織其視覺的結構。相反的，在《聖女貞德的審判》（The Trial of Joan of Arc, 1962）中，其結構上更加的規律，此處連續性的鏡頭與段落其持續的時間扮演重要的角色，甚至是把一句對白的開始或結尾，與一個鏡頭或段落的開始或結尾，間歇性地將它區別開來❶，這樣的差異便構成了整部影片的基本節奏。在布烈松的作品中，影片的氛圍一向很統一，所以衝突性與基調便顯得不是那麼重要。在當代影片的實踐中，處理這些基調上的衝突與差異，較傾向於像尚‧雷諾在美國時期所拍的《女僕日記》（Diary of a Chambermaid, 1946）那樣，利用通俗劇與鬧劇交替使用的方式，雖然這樣做造成的對比效果並不是十分的強烈。在此之前，雷諾在《遊戲規則》（La Règle du jeu, 1939）中曾將這個參數發揮得淋漓盡致，因爲巧妙地混合了基調與「類型」，使這部影片成爲組合完美的名片。

《胡洛先生的假期》（Mr. Hulot's Holiday）提供了更爲重要的例子，在這部影片中，段落之間的對比同時涵蓋了時間延續、節奏性、基調與場景(外景與內景，白晝與夜晚)，這些都在即時與精確的控制之下，決定了整部影片的進程，如此便成了其主要美感的來源。爲了營造噱頭所形成的斷續性節奏，是如此的反常與完美，而除此之外，其主要的節奏因素是在強與弱的時刻之間，是在有意充塞動作、滑稽有趣的

---

❶這個特定的參數，很顯然的，和出入畫面與鏡頭變化之間的變化，其所牽涉到時間省略長度有關，如我們所看到的，這種間歇性在布烈松的影片中扮演著極爲重要的角色。

第四章 結構組成的簡單要素

九五

段落與有意空洞、無趣與單調的段落之間，兩者交替作用而產生的。當那位漂亮女孩的同伴在她房間窗口指著那片浩瀚的海景之際，對著她說：「有時候人們會在下頭垂釣，但是今天卻一個人也沒有。」此時處理無聊的手法恰到好處。某些段落其目的同樣也在創造無聊的實際感覺，所以讓它持續一些時間，但是被小心地控制著，以至於影片的整體結構出現了非常特殊的節奏。這會讓我們想起（想起許多其他可能的例子），在那空無一人的海灘上，我們聽到了從餐廳流瀉出來的畫外音，腦海裏浮起了孩子與冰淇淋的情節，以及一對戀人撿拾貝殼等等的景象。

在整個電影的歷史進程中，《操行零分》（Zéro de conduite）這部影片可能是將每個段落當成一個細胞單位，進而完成一個結構的可能性，最為成功的例子，這個細胞單位獨立於整體的空間與時間辯證關係之外，是一個不可化約的實體。

現在我們必須談到一些很難加以歸類、其他種類的辯證關係：這些與對白、表演的風格、佈景、化妝與服裝有關，總之，就是和影像與聲音所**呈現**出來的所有內容有關的東西。

這類特殊結構最傑出的典型之一，便是馮・史登堡的《藍天使》（The Blue Angel, 1930），這也是電影史上最偉大的電影之一。就某種意義而言，本片所處理的是聲音的辯證關係，這個結構依賴在音樂廳所發出的聲響，到了化妝間之後到底是否能聽得見，其中關鍵的策略是巧妙地運用門的一開一闔，當門打開的時候，可以聽到一段音樂、一陣喝采或是幾句對話傳進來；而當門掩上之後，這些聲音便嘎然而止，每一次在時間的變化都與剪接的型態有關，這種差異性的結構就

嚴謹性而言，堪稱典範。有時一扇門（哪扇門呢？每個門看起來都那麼像，化妝間所界定的空間是電影中最抽象的空間，只有兩個相互連接的構圖所表現出來的可以進行分鏡而已）是在畫外打開的，突然聽到音樂的聲音，接著出現門的鏡頭，然後我們看到門再度關上。有時在銀幕上門正打開著，可以看到鏡頭裏所呈現出來的東西，而門卻在畫外關上；有時門的開與闔成為兩個鏡頭之間切換的接點；有時門的開或關並不影響環境聲音的呈現，也許是另外一道沒有被看見的門仍然開著。影片接近尾聲時，詹寧斯返回「藍天使」酒店，這為他曾經兩次蒞臨夜總會，提供了一個重點摘要的結構。在教室的第一場戲中，當他推開窗戶時，便立即可以聽到兒童合唱團那天使般的歌聲，這也是這個基本模式的細微徵兆，此外這也是詹寧斯可以控制全局的最後一次。如此，有關劇情發展的形式結構便成為影片的重要核心，也就是詹寧斯從一個主動的角色轉換成被動的角色（參見第九章）。

　　這種結構性的急遽變化可以在《去年在馬倫巴》中找到，在這部片中還包括對白與戲劇事件（或者實際是重複他們，或有點變化，或者回憶、想像或預兆）以及佈景（家具與旅館房間牆壁上裝飾性的花紋逐漸增加，而且範圍不斷地擴大）。

　　還有一種以電影佈景為基礎的辯證關係類型，這在市川崑（Kon Ichikawa）最有趣的影片《演員的復仇》（The Actor's Revenge）中，採用整體佈景的風格，從一個全黑的背景到全部寫實的內景，因此其中包含了人工著色的景片以及基本劇場式的場景這兩個極端的處理方式，在一個高度曖昧的段落中（在半夢半現實之間），有一陣黃色的薄霧逐漸散開，使我們依稀看見舞臺景片上畫著相同的霧。此外，這部

片子使用了劇場上慣用的手法，例如英雄的魅影、混用了悲劇與喜劇的處理手法（這些處理手法可能承襲了英國詹姆斯時期 Jacobean 的劇場型態，而此處卻以全然的辯證型態來處理）。

至於表演風格方面，在羅勃-格萊葉的《橫越歐洲的快車》（Trans Europ-Express, 1966）中便進行了極有趣的實驗，將業餘演員與職業演員兩者所表演的場景相互並置對照，而這樣所提供的結構，此處將不會充分來討論，但卻簡單地反映出電影劇情發展的一個面向，因為它本身便具有某些程度簡化。然而，這部影片顯示這種結構可以發展成相當複雜的關係，而在義大利影片中，經常混用業餘與職業演員，這最後將會導致混亂與一無是處的局面。

羅勃-格萊葉所有的影片（像他的某些小說那樣）常運用遊歷與旅行的形式演化出結構，在《橫越歐洲的快車》中，其運用從巴黎到安特維普（Paris-Antwerp）的旅程即是一種辯證關係，至少在此處所使用的語詞具有這方面的意義，這種辯證關係可以視為一種雙重曲線，以貝克特（Samuel Beckett）《沉淪的一切》（All That Fall）為基礎的米川尼（Michel Mitrani）所攝製的電視電影，便是這方面的代表。在《沉淪的一切》中，最初我們所看到，是以一個鏡頭從直升機上所拍攝全部活動的過程，然後動作的細節部分在影片剩餘的部分表現出來。

至於一般對結構或辯證關係等概念的界定工作，我們必須留待本章的結尾部分再進行討論，因為唯有採取多重繁複的形式才能彰顯它真正的本質，而其主要的旨趣也許在於一個事實，那就是在各式各樣的討論與實驗中，儘管它們外表看起來迥然不同，但是實際上它們是凝聚在一起的。你也許會注意到了我已經使用了「結構與辯證關係」

這個詞彙，我之所以這麼做的原因，是因為我覺得在影片中，這兩個概念是多多少少可以彼此互換的，因為結構總是發生在辯證的形式之中，換言之，一個結構必須有一對或兩對清晰勾勒出來的**極點**，並在這兩個極點所界定的參數中加以演變而來的。甚至在一個包括過程或旅行的結構中，雖然其內部並非想像中的那樣簡單，不過仍舊有兩極性存在，也就是起點與終點（像在《橫越歐洲的快車》中，就是巴黎與安特維普）。一般而言，當一個參數根據某些劇情發展的原則演變時，一個結構才能存在，很顯然的對戲院中的觀眾是如此，或者也許僅有對剪接臺上的創作者具有此番的功能，因為甚至有些結構「只有創作者才能體會到」，但是他們在影片最後的審美結果中，仍舊扮演著相當重要的角色。雖然在《沃賽克》（Wozzeck）中我們看到一些沒有被揭露的形式，柏格（Alban Berg）總是希望保有觀眾感知不到的形式，但是這種形式常常被用來製作一些低級趣味，不過這樣的形式仍是對電影具有啓發作用的先行者。電影做為一門藝術，人們通常都把它與「純」音樂聯想在一起，但是相較於「純」音樂而言，電影無疑比較接近歌劇的形式（至少像柏格概念中的歌劇那樣）。

　　此外，最近我才發現，我們所指的**結構**可能不再只是俄國人或盎格魯撒克遜的電影理論家們所秉持的概念的延伸，也就是**節奏**（rhythm）。雖然我在本章開頭即已表明，電影中的節奏不能像音樂那樣，將它化約為時間持續的延續性，而就這一點上，我試圖得出一個結論，那就是電影的節奏是由所有參數的總和界定出來的，所以相當複雜。基於這樣的因素，如果我們能夠掌握電影形式的精隨，應當極力避免化約此種錯綜複雜特性，僅簡單地加以類比成為音樂（而我承認就這

方面的討論我始終沒有進行）。

　　如果經過深刻的分析所展示出來，應當更為明顯，到現在為止，許多重要的傑作仍舊無法像本書那樣，以系統性或嚴謹的態度來敍述這裏所提出的結構性原則。布烈松的《鄉村牧師的日記》中，在長短段落之間節奏的對比（伴隨出現的是分鏡風格的對比）並沒有像數學一樣的嚴謹性，而且該部影片出現了一些「偏離」既有規範的形式，然而，此種偏離卻已經建立了更為精緻形式的範本，除了我自己以巴塔列（Georges Bataille）的《蔚藍的天空》為藍圖，來創作的那部未完成的影片，可以進一步加以解釋之外，實在找不到其他的例子來說明。在這部影片中，每個段落也許過度遵循著分鏡原則的嚴謹性（例如，牽涉到一連串正/反拍鏡頭中畫面大小的變化），在某個關鍵時刻，根據另一種基本模式打破原來分鏡的原則，而這種基本模式，說穿了也只是一個簡單的結構而已。

　　如果我們回顧一下本章，將會發現相當的概略性與公式化，因為要在篇幅有限的文章中討論大量相關性的問題，是有其困難存在的。所以，在我針對辯證關係所產生的複雜性進行研究之前，有必要先列舉出某些簡單結構的完整清單。

# 第五章

# 無辯證關係與複雜的關係

前一章已經描繪出在一部電影的形式策略中，可以找到大量簡單辯證關係的清單，這些結構雖然簡單，但是多多少少在有意或小心地周詳規劃下，可以獲得一些複雜的結構，而在討論這個問題之前，有必要插入一段較長的說明。在前一章簡短的分析當中，至少可以做出一個結論，那就是任何影片都涵蓋了某些辯證的結構，儘管只是在段落之間具有某些程度的對比關係（而且並不怎麼明顯），以及在既有的段落之中，因鏡頭的轉換所產生的相互作用（不管是多麼地墨守成規）。這並不是說，有相當多影片是以系統性的方式來運用這種「辯證關係」，而段落之間若真正存在著有機聯結關係的影片，則是更加微乎其微。在大部分情形下，這種辯證關係僅僅存在於所謂的原始自然的狀態之中，就是簡單而未經組織的替換。儘管如此，這些替換只是一種雛型的結構，也就是說，它們存在的事實，便是確認了本書所提出來的概念，而最重要的是，對於電影未來發展所秉持的希望，並非僅是一種臆測而已，更希望能從**現今影片的實踐**中獲得結論。

在電影歷史中便曾經出現了某些情況，就是人們在分鏡層面上，企圖摒棄一切形式的辯證關係，而他們所使用的僅是我認為的「影像

的辯證關係」而已。許多這類的實驗是非常有趣的，其中有一部較近期的是波萊特（Jean-Daniel Pollet）的《地中海》（Méditerranée）❶，算是其中最激進的一部，因為在這部影片當中沒有任何所謂的「相配」處理手法。換言之，它是由重複出現並置鏡頭所組成，在它們之間沒有任何聯結性存在（有一個是例外），僅有一些大家共有的印象，如雕像、風景與靜物……以及不斷重複出現女孩躺在手術枱上的相似畫面，影片的創作者希望每個依序出現在銀幕鏡頭，都能喚起觀眾心中詩意與共鳴的效果，進而激起那種筆墨所無法言喻的感覺，毫無疑問的，這是他自己在觀看相同的影像並置之際，所體驗出來的那種「我不知道是什麼」的感覺。這個方法和艾森斯坦在年輕時所倡議的吸引力蒙太奇（montage of attractions）有某些雷同的地方，只是艾森斯坦所談的是剪接的概念，但是必須加以補充的是，當這位俄國大師領悟到電影的形式，基本上是植基於連續與不連續所產生的對立辯證關係之後，他便揚棄了這個概念了。在《地中海》中，的確存在了一種辯證關係的元素，陳述的旁白與音樂伴隨著不斷展現出來的影像。然而，誠如影像並置所服膺的是總體的經驗主義，盲從地相信**某些**事物必會導致何種結果，以至於影像與旁白之間的關係相當地率性專斷，宛如創作者放任旁白與影像各自獨立發展，深信它們彼此會相互和諧配合。

---

❶雖然這部影片實際上從未公開映演過，哪怕是在巴黎也是如此，但是在某一時期，它被激進的法國文學家與電影評論家（尤其是那些和 Tel Quel 與 Cinéthique 這兩本雜誌有淵源的評論家）認為他的影片創作與布爾喬亞階級意識的再現之間，事實上是一種根本的斷裂。我決定保留這個受到爭議的意見，並非出於他受到爭議的原因，只因為我認為他在解決一個基本的錯誤概念，這個概念出現於近來許多「先進」的歐洲影片之中（特別是荷索 Werner Herzog 的《新創世紀》Fata Morgana 裏）。

這並不是說影像與旁白之間沒有密切的配合因素存在，因為毫無疑問的，它們之間的確有這個因素存在。我們當然不能因為某部影片「模糊曖昧」而責難它，雖然簡單的敘事形式便可以完成一部影片，但是電影早已超越了這個階段。然而，旁白與影像之間的時空關係比起兩個連續體的組合所涵蓋的層面還要來得多，它們之間似乎都沒有意識到彼此的存在，也沒有與其他的結構出現任何辯證關係，它們之間實際的交集點是在兩個連續體相互交會的時刻，不一定全是偶然的（電影形式早已超越了超現實主義美學的層次，這種美學是從「解剖枱上的一架縫紉機與雨傘的偶然相遇」找到一種超驗性的美學），而影像與旁白之間的關係並非是無法譯解的，因為意義的曖昧並不是意味著是一個「難以理解」的結構。事實上，一部作品潛藏著越多的意義，其基礎結構的張力原則便會越加的明顯。在《地中海》中，所缺乏的要素正是這種**張力**，而從任何藝術作品的角度來看，這種張力的缺席都是人為有意的創造，絕不是一件純粹偶發的事件。

簡單來說，它所缺少的是一種**有組織的互動關係**：外表乍看之下好像僅是形式因素各自獨立的偶然組合，其實是經過精心設計，因為這種偶然組合的實際**形式**似乎是毫無根據的。我們必須承認的是這些創作者在建構這些連續的鏡頭時是相當謹慎的，因為這些鏡頭數量不多，而且時常以**不同的時間長度**重複地出現。不管是否協調，這也許代表著在嘗試運用某些像序列音樂那種規則的東西，也就是說，整部作品是以相當少量的形式客體（在不同音域中，十二種調性的各種序列，有些是間歇性的組織，有些是音質性的序列等等）連續性的排列為基礎，而這些主要是來自事件發生的次序，以及這些不同因素其時

間的相對持續性。

　　然而，我必須再次強調，像這類模仿的處理手法本身便有其局限性。音調是基本元素，這種元素只有十二個，或者也可以說這是序列音樂所擁有的半音階手法。因此，利用這十二音階的基本元素來作曲自有其局限性，而這是一個不爭的事實。若以同樣方式來限制電影基本素材的範圍，就我的觀點來說是相當任意專斷的。然而每個音樂的基調都有它的獨特性，因此，當一些音樂組合成一個嶄新的完整形式之際，這比隨意挑選兩個鏡頭拼湊起來所得出的結果相對於最初的狀態來說，還要來得更有自主性。兩個銜接起來的樂音始終保持著一種**垂直**的關係，因為聽覺會將它置於一種半音階的關係之中，同時它們在時間上又具有一種**水平**關係，這種雙重的關係只是音樂表現的種種辯證面向之一而已。音樂的各種參數彼此之間緊緊交織纏繞在一起，即使是相當簡單的素材也能表現得多彩多姿，至於在電影中，如果素材受到限制，同時也限制了其最終的結果。在《地中海》中，畫面只是時間上的水平串連而已，它們只是或長或短，抑或以此種或那種頻率重新出現。可是它們之間並沒有垂直關係，只因為它們彼此不對稱而刻意地挑選它們。在電影中，由空間與時間所構聯的形式部分，以及由剪接所產生的造型關係，它們雖然提供了那些鏡頭之間的垂直關係，可是在這裏並不存在。當我們在觀賞《地中海》時，將會感覺到張力的不足與單調感，儘管有些鏡頭看起來很美，敘事、甚至是音樂本身也很深具美感，然而也因為這個事實限制了它。

　　對於一部似乎是走入歧途的電影而言，耗費如此冗長的時間來討論它，乍看之下有些怪異。但是，這個錯誤的處理方式卻給我們一個

重要的教訓。看得出來，若沒有某些辯證關係為基礎，電影形式❷根本就不存在；若畫面彼此無關只是線性的交替運用，並不能夠創造出一部電影來。很有趣的是，波萊特接下來改編自莫泊桑（Guy de Maupassant）小說的影片《霍拉》（Le Horla），似乎顯示出創作者已經意識到這個事實的存在，但是同時它也是《地中海》那種不連續性原則的後續發展。

　　《霍拉》同時也以最少量的素材為基礎，為了使時間延續性有所變化而不斷地重複鏡頭，但是在此處，排列組合的作用是同時與另外一個呈現連續性的發生關係而運作的，像畫外音的敘述建立了衡量時間的標準，每個畫面似乎與這個畫外音所建立起來的時間關係有或多或少關聯，而觀眾也會意識到這種時間與空間的跳躍關係。這些轉換幾乎是以自動自發的方式產生張力與節奏，如此影片各種不同的元素便以一個單一形式結構串連起來。當一個人沿著街道行走的鏡頭第二次重複出現之際，觀眾將會強烈地感覺到這是「同一個」鏡頭，也是一個「新」的鏡頭，因為它在現在的敘述時間當中重新獲得一個嶄新的位置。相反的，在《地中海》中，那個畫外音並沒有建立其自身的時間結構，因此會讓觀眾感覺到只不過是機械性地重複同樣一個鏡頭而已，而鏡頭時間延續的變化其實可以說是創作者智力測驗的一部分。也就是說，在《霍拉》中，重複性的鏡頭促使影片不斷地前進，並強化了其統一性，可是在《地中海》影片裏，它僅只是簡單地標示時間，或者是使一些畫面或段落更加無意義罷了。所以這不並意味著

---

❷在任何商業影片中，電影形式幾乎完全處於萌芽的狀態。

依靠傳統的敘事陳規就可以提供一個穩當的架構了。在《霍拉》中，陳腐的敘事風格（莫泊桑的文本）以及將他大刀闊斧地視覺化呈現之間的對比，實際上是相當不協調的，我們可以很容易想到，在視覺化的影像與語言文字所呈現的文本之間，具有各種不同的形式存在，但是這些必須考慮到的是**時間性**。關於《霍拉》這部片子，最重要的是利用不同元素之間建立起有機性的結構，在畫面與文字之間，人們很容易可以想到其他的可能性，但是這種可能性必須是時間性的。當然，就這部片子來說，我們並不能單純地認為僅是把一些「漂亮的」元素串連起來，就會比它們單獨存在還要來得更亮麗，而這恰好是《地中海》構成的基礎。

這種藉由字和畫面所構成的辯證原則，常常被人運用於影片中。在《奪魂索》中，希區考克便運用這種手法來創造一種特殊的懸疑張力，像攝影機長時間地拍著女僕神色自若地處理藏著屍體的箱子；這個時候，畫外幾個人物冗長的對話正進行著，雖然他們的對話與整齣戲的進行有著密切關係，但是卻與畫面完全無關。

在高達的《阿爾伐城》中，有關語言研究所的那個段落，也採用了同樣的手法，利用兩個構成元素（阿爾伐畫外的演講聲與黑暗中搖曳的手電筒燈光）之間錯綜複雜的關係與醒目的對比來達成這樣的效果，以至於我們必須反覆地觀看這一部電影好幾次，才能瞧出其間的端倪。史柯里莫斯基（Jerzy Skolimowski）則更有系統地運用這種原則，他的前兩部影片幾乎完全以顯著的方向錯亂感為基礎，來製造那種迷亂失序的經驗。但是在安東尼奧尼的《愛情編年史》中，整個戲劇結構都是以聲音和畫面的不和諧為基調，而使得這部作品成為影史的經

典鉅作，因此，有必要將這個典範進行更為精細的分析。

　　很明顯的，這部影片秉持著某種固執的偏見（如果以較為崇高的意義來看），也就是它完全剝奪了畫面任何的敍事功能。如果我們從「說故事」的觀點來看，**說實在的銀幕上根本沒有發生任何事**。雖然《愛情編年史》不是動作片，但也不是一部全然「沒有劇情」的影片，因為故事的線索牽涉到兩起命案（其中有一個是因為「疏忽」所造成的謀殺）、第二次策劃謀殺，以及一名私家偵探的調查。克拉拉（Clara）與吉多（Guido）造成吉多未婚妻的死亡，只因為他們之間的感情橫生枝節，所以當她從電梯掉下去的時候，他們袖手旁觀。但是，她的死卻導致兩人的分手。幾年以後，一名米蘭的富商（克拉拉是看在錢的分上才嫁給他）為了想知道妻子的過去，於是找了一位私家偵探進行調查。而這次調查卻促使這兩個情人重修舊好。當他們的愛情重新燃起之際，他們又萌生謀殺她丈夫的念頭。而那個偵探知道了他們又成為戀人之後，便告訴她的丈夫。她的丈夫對這項消息相當震驚，最後他在吉多部署要謀害他的數英里處的橋頭翻車自殺，終於成全了這對戀人的期望，當然這次死亡不能完全歸咎於他們，不過後來他們也因為這次死亡而仳離。

　　這樣一個對稱的敍事形式，很容易被好萊塢挪用，變成許多偶然巧合構聯而成拙劣的通俗劇（像巴頓模仿類似題材所創作出來的作品便是最好的證明）。但是，安東尼奧尼充分地掌握了這個素材，使它成為電影歷史進程中結構最為完整的影片之一，事實上，他運用的手法便是我們前面所提及的，就是將對話與畫面分離。

　　在電影的黃金年代中（三〇年代），我們常常可以看到，影片裏的

動作實際上是出現在語言之中，而非存在於視覺形式裏，如果我們把這些電影的聲音關掉了，那將會看不懂到底發生了什麼事。話說回來，在默片鼎盛的時期，最重要的目標就是以**視覺**的形式創造一條敘事的路線，因此盡量將出現的字幕降低到最少的程度。三〇年代的聲片（現在看來它們是多麼喋喋不休）是以愛情故事和行為喜劇為基礎的，這些故事素材很適合這種拍在底片上的商業舞台劇形式，因為這種戲的語言便是劇情發展的動作，所有劇情發展的動作很容易在一間臥房或在客廳裏完成。雖然在某些層面上整個劇情的發展也包括攝影機所呈現的畫面，不過若把視覺元素完全取消，我們依然可以理解整個故事的發展，所以這時候，麥克風便成為最為重要的**敘事**工具（這裏所提及的與第一章中所謂的「零度電影風格」有關）。

然而，在《愛情編年史》中卻出現了某些全然不同的元素。言語不再是劇情鋪陳的主軸，它成為**描述**過去發生過或將要發生的劇情的一種手段而已。因此，基本上，這部影片在銀幕上所呈現的言語，以及這些言語所涉及的過去或未來的動作，它們之間的相互作用即是一種辯證關係，而這種關係便成為該片基本的結構之一。

就這樣，當影片開始以後，偵探社的頭頭**告訴**他手下的一名偵探，有關那位丈夫的懷疑；幾位證人**告訴**偵探關於克拉拉的童年與年輕時代的種種；那對戀人的老友**告訴**（寫信的方式）吉多關於偵探上門的事兒；吉多向克拉拉**訴說**有關他們的朋友所告訴他的事，如此等等。所以，在《愛情編年史》中，其實是包括一系列反覆重述和意圖以言語表達出來的事實。至於那些較少看到的片段（一般是爭吵或戀愛的場面，這就像昔日的電影劇 film theater 一樣，言語成為劇情發展的動

作）則成為影片中一種極端的例外。

不管言語是敍事的工具抑或是劇情發展的基本元素，這兩種情況都**使攝影機恢復了全然的自由**。安東尼奧尼並不像三〇年代美國導演，致力於將電影還原成戲劇的形式，當然也不像阿德力區（Robert Aldrich）在《大刀》（The Big Knife）中那樣，毫無根據地耍弄著原來是舞台劇的形式，安東尼奧尼是在說話的角色與記錄說話的攝影機之間創造一種特殊的關係，如果要對這種關係進一步加以描述的話，最好的形容詞便是**芭蕾舞**。這種芭蕾舞的形式不僅前所未有，而且相當的嚴謹。在第二章裏，我們已經看到了這部片子利用連續性的鏡頭所確立的空間，是如何依賴著出鏡入鏡來組織畫面，這意味著向畫框外的凝視，以及其他方式，決定了畫外空間的存在與否。然而，此處必須特別強調的是，在《愛情編年史》中，攝影機的運動既沒有卑微地隨著演員「自然地」移動，像學院裏的學生習作影片那樣；也不像歐佛斯（Max Ophuls）或阿斯楚克（Alexandre Astruc）的影片所特有的運動那樣，圍繞著演員的周遭瘋狂隨意地移動穿梭。相反的，攝影機與演員的運動都必須以風格化的型態來平等對待，這兩種運動都各自決定了彼此的可能性。所以，這點它像芭蕾舞：攝影機在每個時刻所做的運動都像舞步一樣，不僅把演員當成共舞時的舞伴，而且它們呈現出來的影像也是舞伴。范南佐（Di Venanzo）令人讚嘆的燈光與菲利波奈（Piero di Filipone）的佈景陳設，事實上，這只做到了每個演員彼此間簡單相對的黑影而已，至於在影像的反差上則不明顯。當然，這個芭蕾舞與其說是攝影機與演員之間的舞蹈，倒不如說是演員與那個由攝影機所設定不斷變化的空間的舞蹈，這個空間便是場景，或是

二度空間投影出來的畫框。這個相當具有動感的芭蕾舞過程，取決於利用各種可能的技巧來促使畫面與構圖不斷地變化：重新取景、讓不重要的角色往來於畫面之中，以及最重要的是出鏡與入鏡的運動，或者在鏡頭內改變畫面的大小等等。如此，電影空間不斷地被重新建構組織，在本質上，成為這部片子的造型特徵。

在影片的基本節奏中，另一個重要的因素就是利用短的段落（一般是單一鏡頭）與較長的段落中不斷地進行切換，在短段落中，大量地利用畫外空間（例如當偵探在報社或在警局裏遇到同行之際），至於在較長的段落中，則可能經由兩、三個鏡頭來完成（在夜總會的片段中，可以說是該部影片關鍵性場景，單單這場戲就連續用了十多個鏡頭）。這部影片僅有的弱點就在於鏡頭切換功能的形式上。由於許多鏡頭很長，以至於鏡頭與鏡頭之間的切換，實際上很明顯地成為干擾性的中斷。因此，根據邏輯來說，這些切換應當可以達成某種特定重要的功能，但事實上，它們往往顯得相當笨拙，而且沒有任何目的。人們也許會感覺到，導演之所以會動用到切換只是因為少了攝影機的移動軌道，或是缺乏想像力所致。事實上，除了這樣一成不變的做法之外（例如鏡頭由內景切換到外景），幾乎看不到影片的段落中有任何的節略。然而，片中仍舊有幾個比較突出的鏡頭切換，這是因為每次的轉換，在一定的程度上，皆打破了空間的連續性。一對戀人在旅館的兩個房間中幽會，在第一個房間裏有一個非常冗長的鏡頭，畫面中呈現了許多事情，不過我們可以看到克拉拉正在尋找遺失的耳環，接著是呈現床頭一角的空鏡頭。然後，克拉拉匍匐進入畫面，撿起方才被吉多丟在床上的耳環，但是直到數秒之後，我們才意識到鏡頭轉換的

線索，不過這種空間連續性的中斷已經相當明顯了。在較後的一場戲中，當這對戀人躲在樓梯時，我們在一連串的升降機鏡頭中隨著他們上樓，然後聽見電梯門開啓的聲音從畫面外傳來，打斷了這對戀人的爭吵（他們正好談到丈夫被謀殺的事），他們俯身到欄杆外面，兩人痛苦地回憶起吉多的未婚妻摔下電梯身亡的情形，接下來的鏡頭是攝影機俯瞰電梯升上來的鏡頭，在觀眾的經驗裏一定會一致認爲這是「主觀鏡頭」，也就是他們兩人所看到的景象。但是，當電梯往上升，攝影機隨著上搖成水平視角時，我們才恍然大悟，原來攝影機的位置是擺在電梯口的另一側，而這和依舊倚著欄杆往下看的那對戀人，實際上還有一段距離。在這兩個例子裏，其實都與第一章所提到「回溯」的相配性有關。我自己認爲，這種技巧是爲了強調對鏡頭轉換的注意，同時也顯示出這種中斷實質上存在了許多的可能性。儘管我做了這麼多的批評，但是安東尼奧尼比大部分的影片工作者來說，似乎更能體認這個事實❸。

這場戲也使我們面對這樣一個實質性的問題，這種辯證的相互作用其實存在於任何電影形式的觀點之中：因爲影像（這裏所指的是幾

---

❸當鏡頭的切換出現在一個長鏡頭的劇情脈絡中時，此時切換便具有相當特殊的意義，這在溝口健二（Kenji Mizoguchi）的作品中經常可以見到，無庸謷言的，他盡其所能地發揮每個鏡頭之中最大的潛力。然而，他大多數的影片（《歌麿與她的情人》The Love of Actress Sumako, 1947 是一個極爲著名的例外），他似乎對鏡頭間的轉換毫不在意。在他的佳作《西鶴一代女》（The Life of O'Haru）中，僅用了五、六個切換，就整個結構來說，它們似乎發揮了其特殊的功能，以相當冗長的鏡頭爲影片劃下句點。溝口健二執著於他所擅長的重新框景，只有當他覺得一個畫面裏再也無法呈現任何東西時，他才會結束那個鏡頭，然後就像翻書一樣，再接下一個鏡頭。然而，在這裏需要特別提出的重點是，一個鏡頭越長，我們就越會去注意鏡頭的切換。這提供了一個根本的事實：鏡頭越長，那麼當電影工作者在轉換到下一個鏡頭時，也就顯得更加重要。

近抽象的芭蕾舞）與話語（在這裏可以視爲反敍事的工具）兩者之間根本的斷裂，那兩個元素又如何相互產生關係呢？

在拍攝每個段落的時候，僅需要考慮到將聲音與畫面自始至終保持著這樣的斷裂關係（一方面是影像的芭蕾舞，另一方面是則是言語的敍事，就像在空蕩蕩的遊艇海灣那場精彩的段落那樣），這種完全摒棄音畫之間連續性，以及反覆出現這樣一系列的中斷，最後凝聚成基本統一的結構形式，一種辯證的節奏，這種節奏有時把一般習慣稱爲形式與內容的東西聯結起來，而有時又把它們分開。前面曾介紹過電梯口的場景中，鏡頭之間的轉換提供了一個實例來闡明這種辯證的相互關係是如何運作的。在鏡頭成爲主觀鏡頭的瞬間之際，視覺提醒我們那對戀人正思索什麼與正在說什麼話（儘管這類主觀鏡頭在整部影片中相當少見）。當我們一體認到自己的「錯覺」時，又會立刻回到角色人物思想的「外觀」，這個時候影像與言語又再度分開。在《愛情編年史》中，影像與敍事之間存在著多重的關係，就這點上是相當卓越的（方才提及的「象徵性」方法僅出現過一次）。在致命的電梯意外期間才出現的女傭，重複地述說著她對那場死亡的看法，她當時的動作僅有一處與她過去的舉止吻合：她先把菜籃擺好，然後跑到偵探那兒，偵探正在樓梯口等她，同時述說著她的女主人墜下電梯之後，她如何跑到電梯口（安東尼奧尼在其集錦片《城市裏的愛情》Amore in Città, 1953 中有一段的故事叫《自殺未遂》Tentato suicidio，便運用過相同的手法）。在銀幕上我們只看到四次出現較爲明顯的暴力場面，分別是在夜總會，在他們第一次約會的旅館房間裏，在橋上，以及當他們第二次在旅館房間裏，克拉拉裝樣子要勒死吉多時，吉多狠狠地回

她耳光。這四次也是影片關鍵段落。以來自遠處的聲響來呈現那丈夫的意外死亡，接著我們看到地平線上出現了微弱閃爍的光影，其突出的效果便是在於這樣低調的處理，以至於使得安東尼奧尼能夠遵循整部影片的基調（摒棄銀幕上一切的動作），同時這樣的手法是經由「直接的展現」，而不是利用重複性來強調這個特定時刻的重要性。在幾個鏡頭之後，出現了片中唯一的「寫實性」的影像（這是就「相對」意義來說），安東尼奧尼意外地打破了其所精心建構極端化的風格，同時也是故事與影像之間聚合的戲劇性時刻，那就是丈夫屍體的特寫鏡頭。

在安東尼奧尼後來執導的影片中《愛情編年史》算是他第一部劇情長片，很不幸的，由於他過度執著於內容的問題（《夜》與《慾海含羞花》L'Eclisse, 1961 除外），以致關於結構的問題他偶爾才會想到。所以，很顯然的，他對這些問題極為敏感，同時在處理這些問題也極為小心，甚至是抱著懷疑的態度。然而，在《愛情編年史》中，他企圖處理全部的基本問題，也是當今任何電影工作者都應該關心的問題，當然他不可能解決所有的疑問，不過這部影片卻代表著電影史中非常關鍵的轉捩點。

雖然《愛情編年史》問世多年之後，並未引起各方的矚目，但是到了今天他幾乎被一致認定為影史的佳作，同時我認為還有另外一部堪稱近二十年來影史的第二個轉捩點，卻幾乎完全不為喜愛電影的人所知悉，甚至連大多數年輕的電影評論家也不知道。

哈農的《一個簡單的故事》是在一九五八至五九年期間，由法國

國家電視網與哈農合作的影片，這是一部低成本、16 釐米攝製的影片。然而，《一個簡單的故事》完全不是那種即興式的報導作品（如果我們考慮到他所攝製的條件與題材，也許有可能他就會那樣拍），他的「情節」可以說貧乏無奇，靈感來自報紙尾頁的新聞，這使我們想起薩凡堤尼（Cesare Zavattini）古典影片的故事大綱。有個女人，很可能是未婚媽媽，帶著一個六、七歲小女孩來到巴黎，她來到城市是為了尋找工作，口袋裏僅剩下一百法郎。雖然起初有個住在郊區的友人收留她，但沒多久，那個友人擔心家裏多一個女人會影響他與愛人之間的感情，於是就請她搬離，她被迫不斷地更換住宿的旅館。接著她求職一籌莫展，也很難租到房間，大多只能待上幾天而已，加上她帶著孩子，外出工作時很難找到人來照顧她的小女孩，另外還有許多意想不到的突發狀況。最終，她把身上僅有餘錢花光了，她和小孩不得不露宿野地。隔天清晨，有個住在對街貧民區的善心婦人收留了她們。故事的情節就是這樣，十分的簡單，但是以這個故事的基本架構為起點，哈農建構了一部在電影史上至今仍堪稱最為精緻、嚴謹的劇情片。

上面簡述這段故事的情節概要，事實上是相當重要的，因為影片以倒敘的形式開始，十分鐘後出現的切換是劇情發展的核心。在影片開始，那個好心的婦人在家中往窗外窺探，發現了一個女人帶著小孩在戶外過夜，於是下樓把她們領進來，後來這個叫希爾薇的女人，與孩子獨自在那個婦人的寓所，開始回憶起來到巴黎之後遭遇到的一切。從此刻起，故事就像我所描述的那樣，一直發展到那一夜她帶著孩子露宿野地的情景。然而，除了這個之外，這部影片還以十分特殊且傑出的方式落幕。因為這個循環並沒有結束，我們再也沒有回到現

在，所以說那個倒敘的手法是開放式的。

整部影片，包括倒敘之前的所有動作，都「伴隨」著（也許我們會認為用「伴隨」這樣的字眼，無法強調影片的重心）畫外女人娓娓道來的旁白，這成為整部影片結構上的基調。對於一個漫不經心的觀眾來說，也許會認為這個女人的喁喁敘述是多餘的，而且當這部影片在巴黎兩家藝術電影院進行短期映演時，觀眾聽著畫外敘述之際，不時出現哄笑的聲音。這完全是由它於違反了一條重要的電影法則，也就是在「如何製作一部影片」的初級手冊裏常討論到的法則：它在敘述觀眾在銀幕上所看到的，重複說著「同步聲音」已經說過的（用同步聲音來說明其實並不精確，因為這部影片的聲音完全是事後配上去的）。但觀眾以為從獨白中所說的一切可以從銀幕中看到，那的確太大意了。因為，我們只要稍微注意一下，便會發現它的功能完全是以另外一種形式而存在，就整部影片來看，它和影像與話語兩者之間的關係不斷地以一種極為卓越而且複雜的方式變換著，這是根據所謂**辯證**的變奏法則而來的，辯證這個術語在本書某些地方運用得不夠嚴謹。現在，我就來嘗試界定這種獨白演變發展的二元性。

首先，除了兩個顯著的例外之外，獨白的功能是簡單地陳述事實。那個女人敘述她所遇到的情況，她看見的或被告知了什麼（甚至提到她有幾次什麼也沒說，也沒有被告知什麼），或者想到什麼或感覺如何（當然這樣的機會並不多）。只有一次，在她的敘述中帶著抱怨或叛逆的語氣，甚至在這樣的情況之下，她依然表現得像近乎事實的陳述。當影片將要結束之際，由於輾轉反側不能入眠，在旅館房間的抽屜內找到一本叫《真實的告白》True Confessions）的雜誌，裏面各式各樣的

故事都是用照片來呈現的，她用以下的字句來描述雜誌的內容：「雜誌裏的人個個都長得漂亮，開著跑車，不需工作，每天喝著威士忌。」哈農處理這個「特殊時刻」的手法，多麼令人讚嘆。另一個例子是出現在那個女人談及以前的生活時說：「我曾想過回去里耳算了，父親應當會接納我的，不過繼母卻會找我麻煩。」

　　現在我就來研究一下獨白與對話之間的結構關係。獨白一方面不斷地重複已經發生過的事，但卻是在直接與間接的敘事之間交替進行，有時是節錄銀幕上曾經說過的話，有時是簡單地總結前面所說過的話，重述的話有時十分精確，有時卻不是如此，或者語句顛倒，用其他的詞句來代替，或刪掉某些語句，或兩者一併使用。在進行概述時，也許其中包括一句引述的話（可能是精確的，也可能不是），也許是前面對話的概要，但是不管精確與否，可能因為思路的變化，而會省略掉一些東西。但它之所以令人印象深刻的，是畫外獨白與銀幕實際對話之間的相互作用，它使時間長度出現了不同間隔。畫外音可以出現銀幕正在進行那句話之前，或者出現在它之後（當然時間間隔的長短不一），這兩種可能性構成了獨白與對話之間相互重疊範圍最大的外在限度，甚至可以做到完全一樣的狀態。例如一句對話與一句獨白的長度可以完全一樣，但用詞卻不一定相同，因此往往會出現這樣的情況，如果要想知道某句話真正的意義，那得同時聆聽兩個重疊的聲音，這樣有些含糊不清的部分，因為出現幾個關鍵性的字句，而使得聽得清楚那部分的意義更加的完整。我堅信雖然兩個聲音在同時敘述一個「事件」，但卻不會有任何的重複，時間的間隔與用詞的差異使得它們不會出現雷同的情形，因此對每個新組合的「讀解」都是一種

全新的經歷。有時兩個聲音同時以相同的字句開始，但是以不同的字眼在不同的地方結束；反過來說，也可能是兩個聲音在不同時間開始，卻在同樣的時間以同樣的字句結束。除了這許許多多的變化之外，我們還要關注哈農在聲音的混製過程中，開拓了兩個音量之間其可能性關係的領域，因為兩個聲音原本在音量上是完全平衡一致的，後來獨白的聲音漸漸地超過了「同步」的聲音，我們仍舊不太清楚哈農開展這個領域會有多大的可能性，不過他已經竭盡所能地嘗試運用它們了。

誠如我曾經說過的，獨白不僅描述了每個人物的言談舉止與客觀事實，而且還允許那個女人陳述她自己的想法與感覺。然而，在這個案例中，它之所以會產生作用，也許是利用所謂的「藉排除以建構」的方法來加以完成的，這個手法其高明的地方不僅在於它的形式效果，同時它還蘊涵詩意❹。當那個女人的生活變得益加困頓之際，她越不想披露她的看法與感情（在這之前它僅曾經表現出三、四次她自己的看法與情感）。她的畫外獨白也變得更加平淡，更加沒有生氣，甚至還出現一些陳腔老調，這顯示那個女人正陷於精神狂亂的狀態，如此便構成了這部影片的高潮。當她在郊區林蔭大道旁的欄杆佇足時，她在畫外說道：「我走過地下道，看到汽車從這一頭進來，從那一頭出去。」接著在野地那個場景，我們再次聽到那悲涼淒切的「內心獨白」，它非常短：「然後我再也不記得什麼了……我發現自己來到一處空地……我用雨衣把希爾薇裹起來……她睡著了……我也睡著了……

❹另一種形式的表現手法，與十二音律有雷同之處。

我突然驚醒……覺得很害怕……覺得很冷（接著是那女人向前凝視的長拍特寫，然後是那片新住宅區的遠景鏡頭，這是影片裏最後一個鏡頭）……依然可以看到那些人家的燈火。」

若想要得體地描繪《一個簡單的故事》一片中獨白與影像之間辯證的相互關係，那得要仔細檢視影片的視覺結構，同時還得研究其時間的辯證關係。唯有經過如此詳盡地閱讀劇本，我們才能肯定那個女子抵達巴黎，一直到那天清晨被那位善心的婦人收容，期間共經歷過多少的時日。然後，影片在進行時，時間的流逝並非是經由銀幕上實際呈現晝夜的變化而被「察覺」出來的，而是利用那個女人一百法郎的盤纏日益短少方式，使我們感覺到時間的消逝，因為在影片中，一再地表現她焦慮地將錢數了又數的模樣。哈農便利用這樣一個具體的手法來強調時間的荏苒，以便讓我們可以體會到。他運用分鏡來確立時間的流動，整部影片充滿著許多這樣精彩的時間省略方式。不管他有沒有保持空間的連續性，一個鏡頭的切換其所跨越的時間可以從數秒到二十四小時，或者更多。根據我的了解，在現代電影工作者中，哈農是第一位在同一攝影機角度之下，利用畫面大小的變化仍能有系統地將其銜接起來的人❺。為了使這種時間的立即變化可以一眼認出，而又具有**美學**上的價值。哈農便很自然地援用畫外的評述進入他的時間省略系統之中。這不僅相當簡潔地顯示了時間經歷的實際幅度（雖然有時候也有人這樣用），例如利用同一個攝影機角度的鏡頭切換來表示時間已經過了一夜，其中只用兩個鏡頭來連接，特寫的畫面

❺然而，這個技法早在 1912 年電影創作的先驅比萊特（Léonce Perret）思考過了。

大小變化相當少，兩個鏡頭都呈現了那個女人躺在床上，只是光線不一樣而已，在第二鏡頭裏，看到那個女人起床後說：「早上我醒來，是刺眼的陽光把我叫醒的……。」在這樣突兀的時間省略的幅度裏，哈農便是運用畫外音來交代到底發生了什麼事（片中並沒有使用任何一個溶的技巧，僅用了幾次的淡入淡出）。有一個地方，就是在旅館房間裏所拍的那個鏡頭之後，接著是街道遠景的鏡頭。我們看到那個女人牽著小孩子的手，彎腰拾起人行道上的麵包之後，這時候聽到畫外獨白說到：「我給希爾薇一塊麵包……，不過她不要，把它給扔了……。」然而，在這句話結束之前，我們看到畫面裏她正把那塊麵包遞給一個醉漢。這個段落以後所呈現的部分，不僅出現了獨白與畫面影像之間的延遲現象，而且當我們恍然明白事情原委的那一剎那，以及那個女人畫外敍述那個場景的時間，兩者之間也出現延遲時，使獨白與影像之間相互作用出現了許多可能的形式。雖然當醉漢一出現在銀幕的那一刻時，觀眾一眼便看出他喝得爛醉如泥，可是那女人從未使用過「醉漢」這個字眼，依她所說的，只在後來微妙地補充說明：「他喝酒了。」

　　另外一場戲，也提供了一些蛛絲馬跡，顯示了在時間壓縮與畫外音相互之間所產生的作用，將會變得有多複雜。當那個女人從報紙廣告上得知有家正在招募人員公司的地址時，她和小孩走到地下鐵。下一個鏡頭是那女人途經一個路標，然後出鏡，空鏡頭依然持續著，可是我們聽到畫外的聲音說：「我終於找到那條街了。」接著是一個確立咖啡館內部陳設的鏡頭，前景是希爾薇背對著攝影機坐著，畫外音繼續說到：「我請一個人來照顧希爾薇，儘管這樣，當我到了那裏時，

工作已經給了別人。」此時，那個女人入鏡，面對著攝影機與希爾薇坐了下來。在相同攝影角度的中景鏡頭裏，那女人抬起頭來看著攝影機。畫外的獨白繼續說到：「我要了一杯巧克力。」接著又出現了同一角度的新鏡頭，她喝巧克力的特寫鏡頭。「在我不注意的時候，希爾薇出去了。」然後同一角度的另一個鏡頭，讓我們看到了原來的鏡位。此時希爾薇再度（或者是仍舊）面對她母親坐著，而那女侍已經出鏡了。在這個複雜的段落中，畫外評述不僅意味著在鏡頭間因時間省略所發生的動作（在這個例子裏，場景中的對話完全被省略了，所有對話的想像內容都在鏡頭的縫隙之間，一覽無遺），但這也暗示了有些事情是發生在我們看不到的地方，因為可以想像它可能發生在畫外，或者是在被省略的時間之中。《一個簡單的故事》處處洋溢著此種複雜的結構，這是以前任何電影未曾做到的。

最後，我們從貫穿全局的辯證運動中，看到許多移植上去的「附帶性」結構，而它在影片的整體形式結構中，扮演了相當重要的角色。這種附帶性結構是以那個女人遭遇到的形形色色的人為基礎，例如她和旅館老闆以及其他的衝突（雖然我們並沒有看到她去求職的那些人）。在這些結構中，我覺得最有趣的是圍繞著她在尋找食物的過程。在五個個別不同的情況下，畫外音提到她購買牛奶，還有其他罐頭食品，但是我們卻從未目睹她購買或進食這些東西的過程，只看到她在旅館的爐子上準備食物的情景，準備食物成為這部電影相當重要的主題。在她倒敘以前，我們看到她坐在公寓的椅子上打盹作夢，影片亦表現了夢的內容：野地的中央擺著一個煤氣爐，爐上正熱著牛奶，那個女人正與高采烈地圍著它手足舞蹈，此時陽光燦爛，鳥兒在歌唱。

但在最後一天，就在那女人要搬出最後一家旅館之前，雖然她不做飯了，可是我們終於看到了她購買食物與進食的情景。如此便形成了一種「反反」（negative reversal）的結構，這在前面經常出現。這種反結構在關鍵性的結構中又出現了一次。當她在買一塊小麵包給希爾薇時（影片中這是第三次出現小麵包，第一次是由一個好心的女服務員給她的），她做一件蠢事，就是用她僅剩的餘錢買了一個小魔術皮包給她女兒，結果卻換來希爾薇在片中唯一的一句話：「難看」，說著便把放在麵包紙袋中的皮包扔掉了。

影片中，除了不斷重複的這些形式之外，還有運用了一些相當罕見的表現形式，但是它們在結構上是通過原本是在「寫實主義」的情境下，以一種「完全非寫實主義式」的手法來表現的，前面所提到那個夢便是一個例子。使用那個女人直接看著鏡頭的長拍特寫，來說明她成天忙著找工作的情形，從這個特寫裏，我們可以看到她低頭或抬起眼，然後出現一段工廠擾攘的蒙太奇，這顯示了時間的壓縮。而在隨後的鏡頭裏，又出現了另一個「神奇」的手法，也是另一種時間省略的方式。那女人從一棟大樓裏走出來，接著出鏡，留下一段空鏡頭，此時畫外音出現：「但是第二天什麼工作也沒有。」（事實上，這兩個「神奇」的設計將鏡頭銜接起來，本身便構成一種強化的形式）。後來，當晚上她步出旅館，在附近的街道上迷失了方向，利用兩次穿過鏡頭來表示她的徬徨與徘徊，在同一個完全看不清楚什麼東西的黑色背景中，首先她從右往左，然後再從左往右走過。最後在影片接近尾聲的時候，她被旅館轟出來，身無分文，走到鐵路旁，往下望去，經由一連串的正/反拍鏡頭，看到柵欄外的鐵軌，畫外的獨白說到：「我走過

鐵軌。」聽到一列火車駛近的聲音，但是當反拍鏡頭呈現那個鐵軌時，它們卻生鏽而長滿了雜草。此時火車的聲音變得更大，大到幾乎聽不到畫外獨白的聲音，最後她補上了一句話：「但是這個鐵軌已經很久沒有啓用了。」

雖然我認爲自己已經很成功地勾勒出這部影片結構的複雜性，但我不知道是否已講出這部《一個簡單的故事》其之所以成爲經典的原因。雖然，當我們以簡單的技術詞彙來描述像咖啡廳和鐵路旁等這些場景，那如詩的魔力已經昭然若揭，當然那就更無法用文字言語來形容貝莎妮康（Micheline Bezançon）卓越的演出了。這位女演員就跟這部電影一樣，到現在仍舊遭到不公平的冷落，讀者似乎無法領略到她的台詞念得有多麼好，如果把它寫下來的話，不僅顯得單調，更是一件愚蠢的事兒。

不喜歡這類電影的「專注觀眾」（attentive viewers，一般這些人只要發現有些電影不合他品味，便譏諷它或憎恨它)，普遍上會反對這類題材，認爲過於幼稚、煽情、甜膩，或微不足道。當問題牽涉到要判斷一部眞正的電影作品時，也就是以多重的觀點和形式處理變化多端的來看待作品之際，若僅從題材來討論它，那便犯了一個極大的錯誤。究竟，當《罪與罰》（Crime and Punishment）和《馬克白》（Macbeth）這兩部影片抽離了單調的故事脈絡之後，是否也是那麼不值一顧呢？其實不然，正因爲它們在題材上的處理與發展，而使它們成爲傑作；《一個簡單的故事》的價值，也是如此。

這部電影應該更廣泛地流通，在每一代的電影工作者中，肯定會有一些深具慧眼的人，能夠領略它的瑰麗與寓意深遠的內涵（像賈克‧

貝克 Jacques Becker 是在拍攝自己的作品《黑洞》Le Trou 的過程中發現這部傑作的）。哈農以嚴肅的態度對待他所處理的素材，絕對是一種典範，而在此處，素材所代表的是人的表情、說話、肢體動作、聲音、畫面、鏡頭與場景的變化等等相加的總合，在這個整體中每個元素都是重要的，必須同等對待的，而其中**每個元素**在影片的結構肌理中都發揮了其功能性的作用。雖然這樣所獲得結構是一種經驗性質的，但是經由最後的分析，僅有經驗性的結構才能達到影片有機的構聯，因此從電影歷史發展迄今，唯有哈農的《一個簡單的故事》做到了這點❻。

---

❻今天，我必須承認這麼說似乎誇大了些。因爲，儘管我覺得能夠到達哈農這樣成就的導演仍舊相當少，但是，我現在想特別增加一或二部其他的影片。德萊葉的《吸血鬼》（Vampyr）在我寫書的時候對它知之甚少。

第六章

# 論聲音的結構性運用

　　在電影基本的辯證關係中，就經驗的角度來看，至少有一樣是相互包容的，那就是聲音與畫面的結合與對比。聲音與畫面相互關聯的**必要性**也許在今天看來是一個既成的事實，這點連那些持有懷疑態度的理論家們仔細研究過電影發展史之後，也不會有任何意見。打從這一門藝術濫觴之際，也就是從梅里葉在巴黎一家咖啡廳的地下室放映了他的影片開始，觀眾與電影工作者相當難以忍受那樣的**靜默❶**，於是都認為這些活動影像似乎應當有聲音（也就是音樂的聲音）當背景。縱然如此，我們現在所失去的正是這門偉大的戲劇藝術最重要的資源──靜默❷。

　　布烈松在評論他自己的作品時，對於影像與聲音二元的特性，發

---

❶一般很難忍受這樣的無聲，因為這樣會聽見放映的雜音。然而，即便是這種情況是在沒有放映機的噪音下，那痛苦未必會減少多少，就像我們待在法國電影資料館那樣。當我們終於像默片時期那樣，能夠在音樂的襯托之下觀賞佛列茲‧朗的《馬布斯博士》(Dr. Mabuse, 1922) 時，我們對它留下深刻的印象。即使此時音樂只不過是背景音樂，然而，它卻提供了一個時間的基準，從這個角度來看，分鏡的「節奏」就變得更加具體了。
❷迦萊爾 (Philippe Garrel) 完全無聲的影片《揭發者》(Le Révélateur, 1968)，以及一些「美國新電影」，似乎說明了這樣的觀念是不對的。

表了相當中肯而且具有啟發性的看法❸。根據這位導演的看法，聲音由於它具有更強的寫實性，比影像要來得更有吸引力，而影像本身只是一種視覺寫實的風格化表現而已。布烈松表示：「聲音絕對可以吸引出另一個畫面來，而畫面卻無法吸引出聲音。」接著他以造作天真的口吻指出：如果可能的話，他可以用聲音來代替畫面，如此便能完全忠於其率真的創作原則，擺脫多餘的創作方法。

但是，在畫面與聲音之間的關係上，這是不是它實際的問題所在呢？先不說布烈松其第一個概念是否與真的與第二個前後一致，我也無法確定聲音是否如他所說的那樣寫實，儘管他是這麼認為。例如，馬可布羅斯在《二度成為男性》（Twice a Man）中，前面有五分鐘的聲音效果，有一部分的觀眾聽成是雨聲，而有一部分的觀眾卻認為是掌聲，也許影像可以讓我們來確定，可是畫面卻是漆黑一片，所以聲音其實是發生在銀幕之外，這正是布烈松認為可以取代畫面的那種聲音。如這個例子所顯示的，「譯解」（deciphered）一個聲音的便捷程度，其實和「解讀」影像的便捷程度是沒有什麼差別的。一顆水珠滴入水池其聲音的「特寫」，和一個女人大拇指關節的大特寫，都是同樣難以辨認的（可以參見馬斯 Willard Maas 的《人體地理學》Geography of the Body）。也許一個聲音工程師會告訴我們，要使一個聲音聽得「自然」些是多麼困難的一件事，特別是當它出現在畫外的時候，沒有任何影像可以支持其詮釋。布烈松自己總是喜歡用一些容易辨別的聲音，像

---

❸ 《我們這個時代的電影工作者》的節目，是由維爾甘斯（François Weyergans）所執導的。

腳步聲、門的伊呀聲，如此便大大地限制了他對聲音的運用。儘管布烈松是這樣的主張，影片上人的表情或是風景，如果沒有外在的「效果」的話，它始終只是風格化的寫實，但是在**這個事實的背後**，我們將會意識到，這和我們僅能夠聽到聲軌上門伊呀作響的「寫實性」是一樣的。我覺得聲音吸引人的效果大部分是來自畫外空間所暗示的任何事物上，那種力量就如同畫外凝望一樣。雖然畫外空間經常是由聲軌賦予新的生命，但我並不覺得聲音本身有多大的吸引能力。

看來聲音與影像之間其實質的關係並非來自它們的差異，而是彼此之間具有一種共通性。前面的章節中曾經提到，攝影機的無選擇性正好與人類眼睛自然的選擇過程，呈現了鮮明的對比，因此我們從這裏得出一個結論，那就是我們必須就整體結構來考量一個畫面的構圖。人類耳朵聽的方式和麥克風記錄的型態同樣也是有所不同的。舉個實例來說，像在一部行駛中的汽車內進行對話那樣，在現實生活的情境中，通常我們都很容易忽略那些干擾的雜音（引擎聲、風聲、收音機的聲音等等），而且**不管**這些聲音存在與否，我們依然可以知道同車的人在說些什麼。但是在這樣的情境之下，如果用麥克風錄製這場對話，所有聲音將會混在一起，分不清每個單獨的聲音❹。而在戲院裏，揚聲器對所有的音源都是一視同仁的，就像攝影機把三度的真實空間化約為銀幕上的二度空間那樣。

---

❹在某些條件下，所謂的指向性，是表示其選擇的過程的，麥克風雖然可以補救這點，但是事實上，也無法否定目前所討論的觀點，目前至少知道這與人類知覺有關，特別是當我們這樣做之後，所獲得的是一個風格化劣質的聲音，這種現象與電話傳出的人聲其實沒有什麼不同。

像在彈球機器上所進行的遊戲那樣，倘若不減少玻璃罩上的反光，在拍攝時我們將無法看清最後的結果為何。同樣的道理，要想在汽車上錄到可以讓人聽得清楚的對話，可能性也是相當渺茫的。如果要讓人聽清楚這場對話，就必須把吵雜的背景聲與對話分開來錄製，而且在混音的過程中要特別注意它們之間音量的高低❺。

戲院的揚聲器就像一個「漏斗」，影片中所有的聲音元素一進入揚聲器中，將會將所有的聲音「平等重現」，因此聲軌上各種不同聲音元素會產生「音樂」中的交響作用，將是不可避免的，這種情形就有點像當我們看到一個視覺影像時，就必須進一步去注意整體的構圖。

誠如在第四章中曾經指出的，聲軌本質上便存有諸多辯證關係的可能性，它和我們曾經討論過的「攝影」的辯證關係，有幾分相似之處。我現在就嘗試著為這種關係列出一張清單。

前文所提到的汽車例子便告訴我們，其中至少牽涉到兩種**聽覺素材**（auditory material）：一方面是「現場的」或「同步的」聲音，另一方面是利用混音器重新組合錄製的聲音。無庸置疑的，這兩種聲音提供了辯證關係的二元性，它就和我們在前面談到的有關視覺畫面的辯證關係有些相似，特別是其中的一元性。在正常的情況下，聲音的辯證關係其出現，這與「現場」和「排演」鏡頭它們交相辯證有所關聯，並且再強化這樣的關聯性。但是，在實際的操作中，一些「隨興」的鏡頭往往是後期製作時在錄音室裏重新錄製上去的，而精細排演過的

---

❺高達對這種聲音相互干擾具有高度的興趣，他常常使用同步錄音錄下類似的場景聲音（在錄音室內重新錄製相同的效果），這無疑在提醒我們，必須專心聽其所發出的聲音，這樣我們才知道到底在傳遞什麼訊息。

鏡頭又通常是利用「現場」的背景聲。一般而言，這僅牽涉到方不方便的問題：導演只不過使用一些簡便的方法，來使拍攝的那個場景盡量看起來像「真的」一樣，同時也可以使它更容易理解。然而，這兩個二元性之間相互作用的複雜性是可以預見的，而且它可以成為一種完全嶄新型態的影片（這點我將會在第七章談到機遇的掌握這個主題時進一步詳加討論）。甚至現在，交替使用現場與重新組合的聲音，再構聯相互呼應的視覺元素，這樣也為某種電視節目提供了極為簡單而又極富效果的組織架構。從錄音室沒有雜音的環境轉換到生活中熙來攘往的街道，大大提高了觀眾對於這種突如其來的轉換的注意力。此外，對於這樣的遽變可以用更為**物理性**（physical）的方式去體驗，這比從一個精心設計的鏡頭轉換到一個設計馬虎的鏡頭要來得更加的具體可辨，如果只是因為要突然強化鏡頭內的空間與畫外空間的不確定性。事實上，錄音室提供了十分安靜的環境，這完全是為了聲音錄製的需要，而聲音也以這樣的原則被引用到電影中，使我們清楚而簡單地感覺到畫外空間的存在；而畫外空間或多或少的差異，為各種不同相互作用的辯證提供了另一種可能的方式。

另一種基本的聲音變數是來自**麥克風實際的距離**。有些聽覺現象極為繁複，其中最重要的是共鳴或「回聲」，決定了麥克風與音源之間的實際距離（或者更精確一點來說，應當是這個音源與戲院揚聲器之間，經常放在銀幕後面）。在聽覺與視覺空間結構性的互動可以利用這個變數，便很容易地創造出這樣的效果，雖然很重要，但在當代電影中只有零星的嘗試而已（確實是如此，這類的嘗試相當少，這剛好驗證了我的論點，聲音的實驗要比電影在形式可能性的研究落後至少十

年左右，其中的原因我會在本章的結語部分加以討論）。

華妲在《短岬村》（La Pointe courte）裏，其中有一對男女正在海灘漫步的遠景鏡頭，並且聽到他們以聲音特寫（大聲）方式在談話，這大概是聲音運用相當原始的例子，說明了一個聲音的存在可以和視覺的元素以對位的型態存在。奧森‧威爾斯在《奧賽羅》中，特別強調甚至是誇大地呈現聲音，使它與影像共同並置在一起，如此同時組合了聲音的大特寫與遠景鏡頭，創意地展示了兩者極富活力的可能性。大特寫隨著一個極為親近的聲音「呈現」出來，而遠景畫面接著一個誇張嗡嗡作響的回音，如此強烈的對比提供了這部片在分鏡上有意脫軌的元素之一，這點我們在第三章已經討論過了。

視覺空間與聲音呈現之間另一個互動形式，也許更具有開發的潛力，這可以在溝口健二（Kenji Mizoguchi）的《近松物語》（The Crucified Lovers）中發現這樣的例子，這部影片即使到了今天依然是音畫關係最為前衛的作品。在電影接近尾聲之際，那對情人尚未被捕之前，近松兄弟倆偷溜出去向警察報告，在他悄悄地往遠處走去的當兒，四下一片死寂，猛然間，被一個極為強烈的母題音樂劃破了這樣的靜默，這個特大的聲音是日本的三弦琴所發出的。這種在遙遠的視覺「主體」與極近的聲音「主體」之間，兩者所造成的強烈對比產生了令人驚訝的效果；這很像一個新角色突然以特寫的形式出現在畫面上，雖然這只是在沒有任何新的視覺存在的時候，比較靠近攝影機而已，而這樣的**驚異❻**，使這個時刻變得如此富有戲劇的張力。

---

❻參見第八章。

應當注意的是，關於不同的聲音素材，以及聽覺與視覺空間之間彼此互動的模式，我並不想特別去區分音樂、對話與音效之間的差異。事實上，這兩種辯證互動的模式牽涉到任何一種聲音。今天持有這種看法的並不多，但是有少數電影工作者卻不斷地跟進，以至於現今他們在聲音運用上所做的實驗已經離最後的目標不遠了：就是創造一個前後一致、有結構肌理的聲軌，而其中，音畫之間互動的形式將與電影聲音三個基本類型息息相關，即是對話、音樂與音效（不管是否能辨認出來）。溝口健二❼的《近松物語》是朝這方面努力的先驅。日本音樂的特殊性（後面會進一步討論到）並隨著突如其來樂器的聲響居於主導的地位，配合著它如「繪畫」般的結構，使它更容易創造出音效與音樂之間某些互動的形式。然而，儘管日本的樂器有這樣的優勢，溝口健二的聲軌在整個影史上仍是一個獨特的成就。在主角藏匿於閣樓的那場戲中，他吃飯時利用木碗製造出鏗鏘有致、連續性的聲音，接著是梯子碰到牆壁的聲響，爲音樂性的交響結構提供了第一個音符（音高的不確定），並繼續吸納那些在音調上類似「自然」的音效樂器。另一個音樂的段落結束在一個「音符」上，可是它實際上是畫面裏關門的聲音。除了以這種方式來建立「功能性」音效與音樂之間有機辯證的聯結外，音效與視覺畫面同步表現將會導致另一種層次的互動，這是畫面與整部影片的聲音肌理之間互動的結果，而這種聲音可由畫外轉到畫內來「呈現」，卻絲毫感覺不到有任何的斷裂痕跡。

---

❼在溝口健二其他作品中，我們可以找到相似的實驗，雖然迄今仍無系統性的形式，尤其是《殘菊物語》(Story of the Late Chrysanthemums)、《西鶴一代女》、《山椒太夫》(Sansho the Bailiff)。

談到聲音，特別是音樂，與畫面之間另一個可能的關係（這是一種辯證關係，因為它週期性地將聲音與影像吸引在一起），這牽涉到它們之間有關**類比**（analogy）的創造。在竹林裏打鬥的那場戲，伴隨著一連串疾風似的木魚樂器敲打的聲音，彷彿強烈地暗示我們有人在敲打佈滿畫面的竹子所發出來的聲音。很難想像這個手法將會有多大的實質發展，不過艾森斯坦認為這是非常重要的互動形式（像在《恐怖的伊凡》裏，加冕儀式的那場戲就是一個典範，隨著黃袍的特寫我們聽到一個極為低沉而宏亮的聲音），正如他在解析普羅高菲夫(Sergei Prokofiev)的《亞歷山大·涅夫斯基》的樂譜時表示，任何音畫之間的對比形式都扮演相當重要的角色。

讓我們再回到文前所提出的可能性，也就是整合音效與音樂成為單一的聲音肌理。顯然像對話，這個聲音的第三種形式，也能在這樣的關係中發生作用。必須再一次強調，毫無疑問的，日本劇的發聲、嘶吼、喘息與隆隆作響所構成的音調範圍，似乎和荀白克（Arnold Schoenberg）式的說唱藝術（Sprachgesang）相仿，尤其當它與其餘的聲音形式進行有機的互動之後，便可以創造單一而複雜的聲音結構。溝口健二（在他的《近松物語》以及其他影片）和黑澤明（在其著名的《在底層》The Lower Depths 和《戰國英豪》The Hidden Fortress）以音樂性的交響式對話來探索聲音的潛能，當然他們並無意將這些整合到複雜的總體聲音之中。然而馮·史登堡卻「從外在的方式」來運用日語（在《阿納達宏奇譚》The Saga of Anatahan 中，並不打算讓觀眾理解其中的對話），他有意地利用這個語言的資源，有時結合極具風格化的音效，來創造純粹屬於聽覺的模式。

至於將對話做為劇情發展的工具，又把它當做音樂性的聲音來組合的，最有意義的嘗試要算是波隆斯基（Abraham Polonsky）的「處女作」（film maudit）《痛苦的報酬》（Force of Evil）。此處，整個對話採用押頭韻法、不和諧的節奏與這種節奏的效果，有時甚至還為這種效果提供一個「傳輸站」，例如敲門聲便重複前面一句對話的節奏與音色。

　　截至目前為止，我曾經舉出的例子，音效常常以特定的方式，或者在銀幕上看得到的，或者在畫外以某一個方式聯結一個動作，或者扮演其中一個角色，甚至當它和對話與音樂有辯證性的關聯時，來發揮其作用（如在《阿納達宏奇譚》海螺的那場戲，在《痛苦的報酬》中的敲門聲）。然而，某些錄音師探索音效更為自由運用的可能性，希望他們在電影裏所起的作用就像樂譜上的音符一樣。在法國有人對此一手法進行相當有系統的實驗，那就是范農（Michel Fano）。他原是作曲家，後來轉做錄音師，最後成為電影工作者，但他關注的焦點主要還是在他的巴西對手所稱的「聲音造型」（audioplastisc），也就是說，對整個聲音複合體的概念與技術的執行，而且不只在剪接的階段，還包括拍攝階段，因為事先預想好的聲音結構可以決定某些視覺元素。范農最引人注意的作品便是和羅勃-格萊葉合作的影片。就我所知，在音樂性地組織畫外音方面，羅勃-格萊葉的影片要算是最為詳盡、最有企圖性的嘗試。當我看到溝口健二，利用視覺上可以辨認並與影像同步的銀幕聲音，直接緊密地銜接音樂性的元素（按道理來說，它是發聲在畫外的），如此創造的聲音結構。這兩種聲音變數是利用音調上相同而連接起來的。縱然，像《近松物語》中那樣對聲音的運用，范農

很早就體認到它的重要性，但是他卻完全以不同的手法來處理。他經常是開始於一個視覺元素（例如在《不凋的花朵》L'Immortelle, 1962中的車庫與海港），然後逐漸地將畫外聲音吸納到聲軌中，並把它揉合成「音樂性」的結構：敲打聲是來自車庫的，而汽笛鳴聲是從海港裏的船所發出的，隨著極富造型和動態性的影像結構，而出現了如「繪畫般」的畫外音響空間，如此便形成一個強烈的對比。

這種畫外聲音極端的風格化（其中同步的聲音扮演了節奏重音的角色，在《橫越歐洲的快車》中，那汽動的火車門與五金行裏的鐘聲，便是相當著名的例子）是利用現實生活中的聲音（通常都讓它們維持原樣，有時稍加潤飾）援用到結構中而達成的，而這種結構即便不是完全序列性的音樂（這種聲音通常在音高上不確定，在某些情況下是無法控制的），那麼至少和當代音樂的策略是相當接近的。

到現在，范農仍未把聲音的三個類型（音效、音樂與對話）當成組合元素，也沒有確立和影像之間的「播送」（relay）關係，但是如果這種聲音結構全部的**辯證**意涵要能實現的話，則必須仰賴這樣的「播送」關係。很明顯的，這需要電影工作者與錄音工程人員同心協力去實踐概念的每一個階段，以及電影實際拍攝❽。第一步其實已經跨出了，我相信絕對有一天，電影工作者可以採行這些排列組合的原則應用於分鏡上，以便創造出音畫之間大量的辯證互動，如此一方面可

---

❽本書法文版付梓之前，我看到了《說謊的人》，這是范農彙整以前曾經進行過實驗，所造就出令人驚嘆的成果。在這部影片中，儘管這部影片在整合影像以及處理分鏡時，顯得有些瑣碎，可是卻以近乎完美的手法結合了三種類型的聲音。另外，必須提及范農討論動物的影片《另一個領域》（Le Territoire des autres），這是他迄今最為重要的實驗。

以利用我們前面所介紹的各種時間與空間的辯證關係；至於另一方面，利用將三類聲音組合起來的可能性形式，整合最終聽覺的呈現結果，並與電影整體造型的概念相互結合起來。

范農在這方面的研究並非孤軍奮戰。當希維特（Jacques Rivette）要求艾洛伊（Jean-Claude Éloy）為《修女》（The Nun）創作音效與音樂之際，便顯示了他對這方面實驗的興趣。還有一群巴西的年輕人在為著名的桑多士（Pereira dos Santos）拍攝《Vidas secas》時，在影像的激發之下，顯示出對聲音造型處理的才能與敏銳（尤其是在處理一個冗長伊呀的車輪聲時，呈現出一種難以置信的美感，最後成為片尾演職員表的伴奏「音樂」）。

然而，這些巴西年輕人的成就反映了大部分的影片工作者亟欲消除任何一種傳統樂曲的願望，他們堅信，這或多或少也是一種音效❾，也可能從傳統的音樂遺產中去尋找電影的主題音樂（例如在《橫越歐洲的快車》中使用《茶花女》La Traviata 的片段，或在《一個已婚婦人》中，從選擇貝多芬 Ludwig van Beethoven 四重奏做為它的音樂母題），並藉此取代在他們眼裏是聲名狼藉的陳規窠臼。每思及在有聲片中對聲音的濫用，就想去維護它。然而，徹底摒棄音樂所提供的整體聽覺風格化的可能性，如此將會剝奪自己處理一些素材的機會，可是

---

❾以音樂或類音樂的元素來取代音效，而出現了一種素材辯證的形式，從這樣相反程序來看，其實早在聲音剛出現之際便已開始進行探索（其中最著名的是巴涅特的《邊區》Okraina，這是第一部在聲軌上利用人工聲音的影片，這部影片其聲音的基本來源是將幾何圖案拍在光學聲帶上），馮·史登堡在《阿納達宏奇譚》中，也做過同樣的摸索，這樣的處理手法似乎曾經一度被人棄置不用，除非是在影片進行純粹的實驗。然而，這個手法其辯證關係的可能性，其實是相當豐富的，我敢肯定有人將會再度對它進行探索。

當我們確實地處理這些素材時，將會使一部影片更添風采。像《近松物語》這部片子，如果去除了它的音樂，將會變成一部相當不顯眼的作品。因為無論近松的故事多麼精采，這部片在造型上遠不如《山椒太夫》(Sansho the Bailiff) 或《西鶴一代女》(The Life of O'Haru)，正是它的音效和音樂使它成為一部經典。

在聲音方面，能夠拿來品頭論足的影片寥寥可數，而音樂可以成為一部影片整體肌理形式中有機、整合的部分，也是微乎其微。誠如我曾指出的，日本的音樂似乎特別容易進行這樣的整合❿。我想大概是這種音樂具有極端的彈性、互補與「開放」的本質（也許它沒有附屬於像西方音樂中那種「五線譜的專制」，另外最重要的是它不受調性結構的限制），因此影片「活動」與剪接時，感覺不出它的節奏。日本音樂雖然是僧侶所用，似乎有它的流暢性，這種經驗性的特質更接近電影的本質。此外，正如我們在討論《近松物語》時提到，在日本的音樂中發現許多音色都與日常生活的聲音有些類似，因此，這與我在本書所提倡的有機性地結合音效與音樂更容易做到。

從這樣的觀察中，一個西方的電影工作者能得出什麼結論？在西方電影中，純粹地將日本音樂普遍運用於電影中是不可能的。但是，這也許彰顯了一個事實：在過去日本音樂是不能為西方人所接納，直到非調性的音樂出現以後，一連串年輕的作曲家在他們作品和日本的古典音樂之間，發現了極為深邃的血緣關係，而在德布西之前，任何的西方音樂家將不會有這種機會。

---

❿除了曾經提到的溝口健二的影片外，其他影片也有部分達到這樣的成就，像市川昆的《炎上》(Enjo) 與石田民三 (Ishida) 的《落花》(Fallen Flowers, 1939)。

那麼系列音樂，這個西方音樂史上最爲「開放」的音樂，被古典音樂家認爲俗不可耐的噪音，它以前所未有節奏的自由度與對音色的運用，似乎特別迎合與音效、活動影像之間有機、辯證性的整合，至於傳統的調性音樂本有其既定的形式，它那樣強烈的調性傾向以及相當同質性的調性色彩，只能**遵循**著影像的軌跡，提供一個自主的連續性，它和對話、音效的地位沒有多大的差別，或者將會發現這和動畫沒有什麼兩樣❶，僅是伴隨著畫面出現的同步音樂而已。另一方面，序列音樂提供人類所可想像的最開放程度。在這些縫隙間，任何一種聲音都有其自然的位置，它可以對具體影像的「非理性」特質，以及由分鏡所創造的更具理性的結構，提供了一個理想性的補償作用。序列作曲家以韋伯（Anton Webern）爲始，也是第一個想到以靜默做爲基本音樂元素的人。如果還記得的話，在漫長的電影發展歷程中，當講話的影像配上了音樂之後，對無聲的恐懼卻一直揮之不去，此後，年輕的影片工作者終於體會到無聲對於聲音所起的辯證作用。這些年輕的創作者能從不同的無聲「色彩」間（例如聲軌上完全靜寂的空間、錄音室的無聲、鄉村的寂靜），進一步去辨別其間基本而細緻的差異，從而注意到了這些各有不同的無聲，其所能發揮的結構性作用（這在《我所知道關於她的二、三事》中特別明顯）。

---

❶這些看來是普通規則的例外，其實是既少且稀。其中最值得注意的是福柯（Giovanni Fuco）爲《愛情編年史》所譜寫的樂曲，他運用了兩種音調性質對比強烈音樂（薩斯風與鋼琴，平常它們很少一起使用），其音樂風格與影片的分鏡，甚至是和對話之間的關係，與音樂在複雜地發展著，而包含一些曲調間歌重複的主題，在音樂與影片之間創造了一種「圖畫式」的關係，事實上，這部影片的音樂是構成影片統一感的主要因素之一。

讀者也許會認為本章較前面**幾**章更為粗略，這大部分是由於它寫得早了十年，因為，誠如我在前面說過的，電影聲音的發展比電影的影像晚了些。甚至在所謂的「最激進」的當代電影中（如《一個簡單的故事》、《去年在馬倫巴》、《絕不妥協》、《假面》Persona 等影片），聲音對畫面所起的作用是相當匱乏的。從它原有可能性的觀點來看，它參與新形式的探索實驗仍相當有限。少數幾個能補救這種情況的實驗到目前為止仍舊無濟於事。為了全面而成功地組織一個聲軌，使它無論從自己內部或相對於畫面上，皆能創造一個整體的聲音肌理，並且使每一個構成要素都在掌控之中（比如，利用個別真實的聲音來創造一個市聲鼎沸的聲音），那麼在一般的拍片計畫當中，撥給聲音處理的預算就要加倍。如此敏感的問題，對於那些出錢資助影片的人來說，相當不願看到這種情況，如此我們對於未來將不抱任何希望，但是總有一天，那些夠格的實驗者將會找到資金，成功地實現對形式的追尋，而更重要的是，看電影是否能充分地實現它在這一領域上所固有的潛力。

第三篇
干擾的因素

第七章

# 機遇及其功能

在現代藝術中，全然機遇的概念是相當流行的，而且就跟其他流行時尚一樣，在它下面所關注的是相當嚴肅的。在某些程度上，這個潮流說明了當前美學理論中一個極為突出的傾向：挑戰西方藝術作品傳統的完整性，以及長久以來藝術家做為世界不可侵犯的創造者自居，提出質疑。然而，這樣的探索也超越了前衛藝術所關注的範圍，因為這在相當程度上，反映出他們對既有鞏固的「封閉」傳統去對抗「開放」的藝術作品，顯得相當不耐煩。

而像「機遇」與「開放的作品」這樣的術語，在電影中又代表著什麼呢？在文學、戲劇、繪畫，特別是音樂裏，除了其他的意義之外，這些術語所代表的是，在藝術作品完全人造的世界中，即興加入「自然」的偶發機率到底有多少，而**基本上**，這些因素在其中原來是扞格不入。這樣的現象也出現在電影中，卻是以完全不同方式來展現，這從以下說明便可知曉。

這裏我將利用另外一種藝術——音樂——來概要說明它是如何運用機遇這個元素的，我並非要說服將這樣的技巧直接應用於電影之中，只是想進一步了解一下，在藝術中，機遇其一般的特質為何，以

及在偶發性與固有性之間可能出現的干擾型態。我之所以選擇音樂，而不是繪畫、文學或舞蹈，是因為音樂本身便極具抽象特質，如此便可以為本章之後鋪路，將這些概念更具體地應用於影片上。此外，對於這樣的問題最關注的莫過於是作曲家們，而且他們還以最系統化的手段來探尋它。

我們常聽到，當代學院派的年輕作曲家企圖將隨機（random）的元素引入音樂的領域之中，但事實上，這只是在隨興技巧中眾多可能性之一而已，另外一點，也是最被質疑的一點，就是一般人認為這些年輕作曲家的舉措，是當代藝術所運用的技巧中最為激進的一種。進行這類實驗的作曲家們雖然偶爾有交集，可是大致上可以分為兩類，其中就有一組把機遇引用到作品中，當它在一個偶然的情境下被演奏時，完全超出作曲家與演奏者所能控制的範圍，因而相關的作品都在偶然的狀態下發生。約翰・凱吉（John Cage）跟他「預備的鋼琴」（prepared piano）便提供了一個實例：他在鋼琴上擺滿了凌亂的雜物，在演奏之際這些雜物到處移動，如此以一種超乎想像的方式干擾了樂器的音調，他一些年輕的德國弟子鼓動觀眾的反應，而這種反應又被「吸納」到演奏的作品中，而這些完全是在偶然情形下發生的。誠如我曾經說過，作曲家這種隨興地放棄他訴諸於作品上有意識的控制，便構成了創作最激進的方式。

然而，其他作曲家也感覺到這種「擺脫束縛」、放棄控制的魅力，不過卻有一個基本上差異：他們較喜歡看到全然機遇性的作品，也就是說，在他們展示於公眾**之前**，純粹偶然性的因素已經超越了他們的作品了。凱吉利用滑落的硬幣來作曲，而一些當代的作曲家，在法國

最著名的要算是桑納吉斯（Ianis Xenakis）了，他已經進步到把某些決定性的因素交給電腦來作曲。很明顯的，在這裏我們所要面對的是一個惡名昭彰的觀念，那就是「可控制的機遇」，它可以把大量混亂的想法隱藏起來。當一位聽眾詢問桑納吉斯，是否有意篡改從電腦中所獲致的結果時，這位作曲家表示：「當然，當考慮到美學因素的時候。」

然而，特別是那些電影工作者，這些具有創意的藝術家們都能證實這點，當他們在思索和展示那些不是由他們自己創造出來的東西與素材，以及那些不是因他們稟能卻出現了令人驚豔的結果時（也就是說，這時候的「人」，亦即這些藝術家並非是他們的創造者）。這時候，我們也許會想到杜象(Marcel Duchamp)的「完成品」(ready-mades)。當他把這些素材與物件**重新**包裝，巧妙地把這些東西和他們自己設計的作品構聯起來，重新併入一個自成一格的作品時，如此也給藝術家體驗到這樣的創作方式，將帶給他們更大的滿足。簡而言之，從來自另外一個世界中，充滿偶然性的原始材料中，挑出其中最獨特的、最富創意的的素材，進一步加以組合創造，就像思維特斯（Kurt Schwitters）的拼貼那樣。

然而，在當代音樂中，機遇之所以居於主導地位的形式，主要是因爲那些地位崇高的作曲家在採用它之際，並非是信手拈來、隨便濫用的，很多作品其實與隨機沒有什麼關係。這些機遇的型態進入精雕細琢的「開放性」作品中，也就是那些可以接納眾多形式的作品，有的必須共同分擔創作的責任（例如在既定範圍爲進行即興創作），有的則在作品中採用「替代」方案（這種作品在演出時，可以有其他替換的方式，是彈性可變的，而非一成不變的），或者時常利用兩種手法來

完成它。

在某些情況之下，我曾在影片的潛在結構以及如何應用序列音樂兩者之間比較，在大部分的狀況下，我期待其他的反對意見出現，我必須事先聲明，這種對比僅有在某些的程度上適用，而且必須強調的是不能從字面上去解釋。我覺得最好是從絕對抽象的音樂世界與既抽象又具體的電影世界兩者之間，進一步去分辨其間的差異，而當我們在比較這兩種藝術之際，亦需要謹記這樣的差異。這兩種不同的形式在某些情形之下將會有偶然性出現，第一種（不管是可以控制的，或是不可控制的，它是直接干預作品的）似乎這和影片更有機地互有關聯，至於第二種（以多重演奏的型態運用於作品的創作之中）則與音樂有很大的關係。採用眾多的路線進行創作的形式策略，不管它是否給予獨唱者任何的優先性，一般來說，這是序列音樂邏輯的延伸，並經由這樣的邏輯，而蔓延到整個西方音樂的歷史。它沒有扭曲歷史基本的延續性，當這種完全隨機的音樂元素被有意地引入之後，那些來自隔音很好的音樂廳之外，或其他地方的聲音，原本是摒棄於傳統音樂之外，而現在把這些元素納入，無庸置疑的，這已經**顛覆**了音樂做為一種藝術的基礎，而這種基礎即使到今日依然相當地鞏固。所謂的隨機性，至少在我們的意義裏，是一種被強加引入音樂裏的外來部分。

❶

然而，在影片中，實際情況恰好相反。在此處，如果僅是少數的

---

❶很明顯的，這裏所參考的並非要在音樂中，藉著限制機遇的運用，當成在一部影片中選擇不同路線的手段，就像波索（Henri Pousseur）的抽籤那樣。

電影工作者在倡導這樣的概念的話，那麼作品開放性的思想剛好是那個「外來的部分」。它的數量不多，這也許是由於其中牽涉到技術問題的緣故，但是這樣的解釋並非全然錯誤，因為這些問題仍舊可以進一步克服，一點也不會影響到問題的根本。曾經有人把幾部電影同時投影在一塊銀幕上，或者兩塊相連的銀幕上，這種嘗試其實是微不足道，因為這只是一種有意的間接證明而已。更為嚴謹的實驗也許必須以更多元可互換的方式，做為電影創作的形式，例如以各種不同的剪接手法來處理相同的素材，或者使用錄影帶以各種不同的角度去拍攝作品，而當我們進行攝製時，也可以採納即興的創作方式。事實上，如果真有人進行這方面的實驗，那麼他們受到的迴響將不僅止於此而已。就目前電影定義來說，保持一部電影的完整性已經是一個基本的概念，就像音樂也必須與現實生活中的聲音區隔開來一樣。而就音樂來說，在歷經十個世紀封閉性的創作之後，這樣一個概念其創新可能性其實已經枯竭了。相反的，電影做為一門藝術的想法僅只有數十年，只要與古老精緻的藝術保持關係，並使自己不要那麼高不可攀的話，那麼如果說目前是向這個概念提出挑戰的時刻，這將是相當令人耳目一新的。當有人探索我們此處所羅列出來嶄新型態的影片，並可讓我們大飽眼福之後，那麼這一切將變得更加真實。就算依照我們所建議的，出現的雖仍是一個封閉性的作品，但它也會是整個藝術史中一件空前繁複、豐富多彩的作品。

另一方面，當音樂世界中機遇構成一種干擾時❷，可是在影片中

---

❷我覺得它在文學和造形藝術裏也同樣是格格不入的，雖然我是個評論家，但是在這個領域中，我並不是那麼在行。

這樣的偶然性卻是相當的自在。因為電影工作者在最初開始進行創作，不管是否願意，便不得不容忍機遇的存在。電影發展之初，幾乎是任由機遇擺佈的。盧米埃（Auguste Lumière）把攝影機架在火車站的月台上，等待火車進站。當它出現之際，他決定了何時搖動攝影機後面的把手，但是機遇依然完全掌控了整個場面調度。本片全部的動作包括下車的乘客以及月台上迎接他們的人，這些人的姿勢與動作都是事先**無法預測的**。然而，即使是電影發展初期的頭幾部片子，盧米埃已經開始**和這種「意外性」進行抗爭**，而這個意外性成為電影製作近六十年來的重要特徵。他把攝影機擺在何處的，**事實**上便已經預先決定了其眾多構圖造型元素之中的**一個**，而那火車本身是一個完全可以預料的元素。無論是具體的，還是象徵性的，他據此確立了一個**畫面**，同時也限制了將會出現的動作的其餘部分。因此，暫且拋開對意外性所持有的否定態度，以及為了化解它而出現的抗爭，盧米埃對於它的**控制**其實已經邁出了一大步，這樣的概念將會在後面討論。同時，盧米埃也拍一些完全在他掌控之下的事物，像《灑水記》（L'Arroseur arrosé）等這類影片，將意外盡可能排除於景框之外，並把它驅逐至看不到的畫外空間，最後這樣的機遇因素只能在偶然性的場合中，或是若隱若現地重新出現，直到六十年之後才獲得平反的機會。簡單的說，像盧米埃這類影片是場面調度的濫觴。

當然，在對抗意外性的鬥爭中，勝利並非一蹴可幾的，機遇的問題必須從它全部的外貌加以克服的，在某種情形下，也只有進步的技術才能成功地把意外置於控制之下。不管如何，最後電影攝影棚逐漸成為努力擺脫意外藝術的避難所，因為它提供了使一切東西越來越趨

於能完全控制的環境，這完全都要拜技術更臻於成熟所賜。由於在這方面的努力，最後導致導演們採納英國單獨景框的設計，把演員與工作人員全部編入這個**分鏡表**（storyboard）之中，以及特別是在美國，運用越來越多的特效（遮幕、背景圖片、藍幕法、活動遮片以及其他可以將演員與背景分開拍攝的技術）以取代實景的拍攝，使攝製人員完全無須走到攝影棚外，因為棚外需要耗費鉅資才能將干擾的隨意性因素排除。值得注意的是，這樣的克服，抑或是這樣**排除**意外性的做法，正好與「零度電影風格」逐漸居於主導地位的趨勢並駕齊驅，如前面所言的，這樣的風格最重要的是要將技巧隱藏於無形，當然也是為了要消弭因任何隨機性的干擾所造成的「缺陷」。不久我們將會發現，對偶然隨機性的重新探索，以及再度拒絕「零度電影風格」，在電影歷史發展的時刻中幾乎是同時發生的，但這絕非偶然。

也許我會給人一個錯誤的印象，因為我相信從盧米埃以降，每位電影工作者似乎都是機遇的死敵，而所有的創作者也許僅有在不甘願的情形之下，才勉為其難地採用意外的干擾。雖然這是真的，當我們看到像高達與尚‧胡許(Jean Rouch)這樣電影工作者的作品時，才體會出機遇最富於創意的功能。但是一些較具有領悟力的導演，其實已經預見了機遇的功能可以在電影的語法中實現。至少早在二○年代，某些導演並不排斥機遇的干擾。相反的，在某些程度上，有的導演相當願意讓他們攝影機屈從於那個所謂「現實」的偶然性世界，這些人當然就是第一代偉大的紀錄片工作者，像維多夫、伊文斯（Joris Ivens）、魯特曼（Walter Ruttman）、卡瓦康蒂（Alberto Cavalcanti）等人。但是，他們從來就沒有想過來把《火車進站》（L'Entrée d'un train en gare de la Ciotat）視爲偶然性的電影，而那些當代的「左翼」電影史學家們也沒有這樣的看法，這兩個陣營的人只是單純地把它視爲影史上第一部電影的「見證」而已，部分的因素也許是語彙的問題，但最重要的它是一種價值判斷。當蘇聯正在進行一場革命時，或者給其他國家帶來革命時，一個人要把不可預知的事捕捉在底片，或將機遇轉換成美學的客體，然後從中思索一些具有美學深度的意涵，這是相當難的。如果眞有這樣的美學偏見的話，那麼影片必須具備一個特定的功能，就是社會功能，諸如像電影是打開世界的一扇窗此類的話，便是如此。然而，當我們看到一部宣傳影片中，正開展著令人震懾的實驗風格之際，例如像維多夫的《熱情》（Enthusiasm），儘管我們懷有滿腹的狐疑，卻無法拒絕那自給自足、技巧相當具有創意的美學魅力❸。

面對一部是由維多夫擔任剪接師的作品，這樣魅力是相當正常的，因爲所有偉大的俄國電影工作者都是如此。在安詳寧靜的剪接室中，剪接師總是第一個對捕捉在底片上素材的龐雜多樣做出回應的人，而機遇的世界正好提供給他及他的剪刀充滿創意的力量。甚至連經過精確「排演」的影片，導演在現場未發覺其中的端倪，可是在剪接的時候，剪接師便能很快地注意到那些不在導演控制之下的小小意外，而這正好給他機會在兩個鏡頭之間創造了一個強而有力的銜接。

當意識到這點之後，有些導演便開始從完全不同的角度來看待拍攝的工作，特別是動作的場面。經由選擇適當的鏡頭與攝影機位置，

❸至少以這樣的態度來對待二〇年代最重要的影片工作者之一是相當的草率的，因爲那時候我對他的作品並不是那麼熟稔，所以希望在我未來的撰述裏可以進一步研究他的作品。

電影工作者簡單地畫出畫框的範圍，所有事件以控制部分的方式在這個範圍內開展著，而使得影片在原來已知的事件中包含眾多的未知數，這些大量有趣的組合最後利用剪接重新建構它的動作，這成為電影工作者最基本的工作，在創作的過程中，這個階段是他能真正遂行其意志的時候，而他所享有的自由主要取決於在拍攝階段，他為自己留下多少的可能性。早在《罷工》一片中，艾森斯坦在拍攝那個消防水柱的段落裏，非常謹慎地選擇攝影機的角度，雖然這種角度並未使他可以完全控制實際的構圖細節（看來這似乎不可能，因為這個場景牽涉到太多無法預測的因素了），可是卻在事後向他提供了畫面之間無數可能性的切換，從而做到了蓄意的「鼓動」（利用噴水鏡頭角度的反拍、方向性相反的羣眾運動等等）。我們可以想像一下，同樣的活動可以經由逐一的鏡頭排演開來，但是這不僅會使參與者在演出的時候顯得較缺乏戲劇性，同時也讓剪接失去了它應有的彈性，觀眾看了也覺得平淡無奇。在這種情況下，其實意外性所能提供給剪接更為複雜、更為細膩的可能性，已經遠遠超過任何電影工作者可預見的範圍（也許在那個時候所知不多）。在《十月》裏，一羣身著滾著蕾絲邊衣服、體態豐盈的中產階級婦女利用傘尖挑出那個年輕水兵的場面，艾森斯坦讓攝影機緊跟著動作，且跟得非常緊，因為他領悟到，這樣除了可以保持鏡頭原有的美感之外，同時那如舞蹈般的剪影、飄動的衣服以及汩汩的血流，構成了一陣狂亂的影像，而這些僅有在顯影後的電影中可以看到，因為即使是攝影師透過那個小小的觀景器，也看不出這些動作的細節（在銀幕上可以看到羽毛幾分之一秒的動作，可是在小小的畫框裏只有幾吋長而已），他深知這些意外在以後進行剪接時，將

會以視覺上最有趣味的方式把鏡頭銜接起來，提供剪接更多可能性。在拍攝之際，放棄了某些控制，而把這樣的特權交給機遇，任由它發揮，而到了剪接的階段，電影工作者又加倍地討回他交出去的特權，如此，機遇才能爲他所用。意外性就像脫韁的野馬，不去管它了，演員的表演則越來越即興隨性，而攝影機就在一連串一秒鐘十六格的畫面裏將其記錄起來，爾後電影工作者便可以從眾多的切換可能性中去**選擇**，而正因爲最後進行這樣的分析，出現了許許多多的可能性，而使得他們可以進一步控制機遇，而非受制於它（如果一場戲不需透過剪接，而以一個單一鏡頭拍下來，就會造成受制於它的情況）。

　　說了這麼多，乍看之下似乎顯得囉唆些，就電影來說，總是牽涉到意外與精心控制之間兩者折衷妥協的結果，也許有人並不同意這個講法，不過的確是如此。然而，最主要的，這中間也和其所涉入的程度有關，當然也和導演處理的基本手法有密切的關係。誠如我們曾指出的，有些人總是竭盡所能地排除隨意性的因素，而同樣也有些人相當注重機遇的功能，但並非所有的人都以同樣的態度來看待它。有些人只在表面上讓他發揮部分的作用，他們所關注的是利用純粹機遇的**相似物**，消除並取代那些眞正的偶然性。有批英國導演便是這種做法的典型代表，他們在爲郵政總局電影組（General Post Office Film Unit）拍攝的影片，有一些場景表面上給我們現場即時的感覺，可是這些場景並非重新創造出來的，而表演也是由職業演員來擔綱（場景與人物是「眞實」的），但是在格拉斯羅（Glasgow）挑揀信件的人（《夜郵》Night Mail）卻是在攝影機前小心翼翼地表演他們日常的角色，連場景也是經過精心設計的。另外一羣導演，包括大多數好萊塢的導演，完

全以實用性和機會主義式的態度與機遇妥協。他們從俄國的電影工作者中學習到破壞性的暴力或「羣眾慌亂場面」，如果鏡頭是根據這樣的「或然率」，可以表現出最好的結果，那他們便遵循這種模式。

然而，美國人對實用性的固執，也導致他們不可能在同樣場景中使用相同的方法製作，他們發展出正/反拍鏡頭刻板的拍攝手法（每一個場景從不同的角度、距離拍了很多次），這似乎帶給他們在剪接的階段更大的自由，因為這樣便可以在**表演**中選擇最佳的鏡頭。然而，在剪接階段，這樣的手法將會局限**造型**其可能性的範圍，因為在這類場景裏，幾乎消除了所有可能有趣的形式關係，如果鏡頭位置與拍攝方式更為複雜的話，那麼像這類場景會處理得更好，因為有許多備用的鏡頭，表演出了問題總是可以應付的。「零度電影風格」制約了他們對機遇的有限看法。事實上，整個電影傳統都假裝認同這種意外的干擾，但是這種傳統並沒有把機遇視為每個事件可能性的整體，不管是戲劇化的表現，還是簡單的造型，都能捕捉並固定在底片上，但這並非完全與演員的表演有關。過去美國正/反拍鏡頭的技巧（其實現在依然如此），其構思的來源是從每一邊把演員包圍起來，如此便建立了複雜性最小的形式構圖，而演員在裏面可以隨意揮灑，甚至可以做到完全的即興（這種拍攝手法提供的自由度，馬克斯兄弟 Marx brothers 大概是獲益最大的人）。

幾乎在往後的三十年中，對於控制底片捕捉影像的程度問題，都只是針對其表現性的「內容」而已，特別是在演員與對話的內容上，甲導演可能容忍他的演員可以有一些即興表演，乙導演可能喜歡運用隱藏式攝影機拍攝演員在街上的場面，使它看起來更為生活化❹。事

實上，艾森斯坦認為偶然性既影響形式又影響內容的觀點，對於處理虛構劇情影片的創作者來說，卻引不起他們任何興趣，只有他自己是個例外。甚至在他的有聲影片中，雖在形式上其實驗性似乎不如他的默片，但當他面對無法掌握的東西時，也盡力在這些「真實」的素材中，創造出第二個十分具有延展性的電影素材。當他在拍攝有關機遇的片段時，其實他胸有成竹，早有定見，盡可能使用攝影機的每個角度與距離，思考這些角度與場景如何讓它產生作用，鏡頭與鏡頭之間的構聯，很大的部分是取決於僅有在剪接台上可以看出來的千分之一的意外❺。

除了劇情片的製作之外，大量採用這樣手法的要屬斯堪地那維亞和英語系國家的紀錄片工作者，因為他們很快地理解到，現實這種無法完全受控制的特質之所以會引起他們注意，是由於以這種方式來處理將會獲致最好的結果。但是，他們的態度比較趨向於新聞片的剪接師，因為在實際的拍攝過程中，他們對於拍攝來的素材，最後到底如何剪接在一起，並不像上面所提的那位俄國大師那樣清楚。因此，當他們在剪接室裏面對這些素材時，將會發現並沒有獲得足夠的「事先安排」(這就好像幾乎每位導演試圖以艾森斯坦的方式去拍攝動作場面之時，其所遭遇到的問題是一樣的)，或許這也就是為什麼他們拍出來的影片總是帶著一種若有似無的氣息，而不是一種複雜的結構，有時它轉嫁到形式或思想的陳述之中，而當我們孤立這些陳述時，會發現

❹然而，絕大部分這種「寫實主義」被事後配音與混音給破壞了。
❺像《墨西哥萬歲》(Que Viva Mexico) 大量未經剪接的毛片就是如此。

更加含糊不清。另一方面，在艾森斯坦的作品中，結構詩學是其影片表達非常重要的部分，尤其是那些受到控制的機遇，以其他的形式出現在段落時，此種由視覺肌理組織的段落及其陳述，似乎同時一起出現（特別是在奧德薩台階那個經典段落中）。當然，艾森斯坦只用到那些至少他可以控制的部分素材而已。而某些部分控制的形式，甚至就是他處理手法的基本特徵，很難想像《恐怖的伊凡》的創作者拿著攝影機到街上是什麼德行。因此把艾森斯坦和三〇年代那些紀錄片工作者進行比較是相當不公平，尤其對後者來說更是不公（實際上，他所攝製的是一部相當偉大的作品）。但是，事實上，幾乎在西方導演中，紀錄片工作者是唯一受到艾森斯坦以及其他蘇俄大師❻影響的一羣（不管是好是壞），而且幾乎每位都聲稱是他們的信徒。劇情片的導演歷經許多巨變，其中包括電視的衝擊，他們才終於體認到，每位電影工作者在事業發展的初期發現的東西，對於他日後會有許多正面的幫助：就是在某些程度上，**影片的素材總是難以駕馭的**。

　　基本上，近五十年來，電影導演大多盡其可能，致力於排除任何機遇以及現實生活中偶然性的干擾。但是，近來有人對攝影機面對那個無法控制的世界發生了興趣，他們不只是基於社會政治與資訊的目的，同時還體認到，從攝影機和現實偶然性之間的對抗，能獲得完全嶄新的形式與結構，將它顯影出來，經過剪接，那些用此種方法拍攝下來的素材，其深邃**偶然性**的特質相當有價值（這是早期紀錄片工作

---

❻另一方面，特別是三〇年代的日本電影，受到蘇聯電影工作者的影響極深，當然不只是我們所熟知的小津安二郎而已，還有更多西方從未聽聞的導演。

者未曾做到的），抑或更重要的是，把機遇的素材全部納入事先設計好的素材之中。儘管在這裏我們從比較不同的角度去看待這個問題，但是很顯然的，這和第四章提到不同類型素材之間辯證的互動關係（像高達所做的那樣），存在著某些相似性。

最重要的領悟之一是來自對電視的認識，攝影機與這個不能完全控制、「即時」的機遇現實之間的關係，不一定要和觀眾有關，因爲攝影機也一樣可以參與到這個互通有無的交流之中。這個發現是得自於「眞實電影」其全部的外貌，一般而言，這是嶄新的敍事形式，其中牽涉到攝影機角色改變（從主動的參與者到被動的旁觀者，從僅是一個事件的「擁護者」到主動的「獨裁者」等等），而這個角色是形式與結構的設計，是影片論述的基礎。

莎莉·克拉克(Shirley Clarke)以戲劇《毒海情駕》(The Connection, 1961) 爲範本的電影，對於改變攝影機角色的辯證運用，提供了一個**模仿**的對象（因爲在這部影片裏，攝影機從來就不是劇情發展的眞正參與者，甚至在攝影機前是否眞的有即興之作，也值得懷疑）。不管如何，電影形式的可能性被這種眞正的「眞實電影」彰顯出來，從這個觀點來看，它仍舊具有教育意義的。例如，一個相當冗長的遠景鏡頭，**構圖**是經過精心安排的（此時攝影機成爲一個「獨裁者」），突然間，一個演員面向鏡頭，讓攝影師也一起加入工作，此時攝影機的角色發生了實際上的變化，因爲在鏡頭的中途，他突然轉爲一個**參與者**。此後，當攝影師已經成爲劇中的角色，而鏡頭文風不動地停留在那堵牆上，於是攝影機成爲一個**被動的偷窺者**。這些轉換的意涵其重要性遠遠超過那齣戲，甚至是影片本身；而這在歐洲已有顯著的成果，特別

是希維特的《狂戀》(L'Amour fou)，如大家熟知的，他本身是克拉克作品的崇拜者，然而，他卻進一步做到了真正的攝影機角色的變換。

胡許在《我是一個黑人》(Moi, un noir)中對攝影機與人物之間關係轉換的運用相當的複雜，而根據完成的影片來檢視他們也會出現許多的問題。藉著比較我們所看到的那個完成品，將會發現影片堅實的參考架構，正凸顯了原始素材其外在完全是機遇性的特質。但是，事實上，這些素材的同質性不大，而是具有若干層次的「真實性」，並以當時 (1959) 前所未有的人爲性質把它們組合在一起。那些無聲的視覺素材或多或少是排演過的，或多或少是即興的，也或多或少是現實生活等等交互更替的場景；在前兩種狀態下，演員在某些程度上會意識到攝影機的存在；至於在第三種狀態下，演員也許不知道攝影機在那裏，也許已經忘了它的存在 (例如在酩酊大醉的場景中)。攝影機與演員的關係不斷地變化，而且經常是在一個鏡頭內完成的，而透過視覺手段進行有意識的創造，也導致這種轉換更加多樣豐富。但並非完全如此，主角與那些被拍下來的影片之間的關係，當後來在記錄那些參與者的評論之際，又變成了被轉換的對象。有時他們會忘記麥克風的存在，以至於他們轉化爲偷聽者；有時他們還記得，於是麥克風又成爲參與者。《我是一個黑人》其整個形式的發展是繫於演員與記錄他們表演的工具之間立即的轉換關係，最後它成爲使用這種純粹偶然性並把它視爲一種形式的電影中最爲著名的典範。

經過法國這些拓荒者的努力之後，某些紐約地下電影工作者也試圖探索這種攝影機變換的作用，這些和平常不一樣的影片，除了我曾提到的克拉克之外，在這些實驗中最有趣的要算是安迪·華荷 (Andy

Warhol)的《契爾西女孩》(The Chelsea Girls)。這部影片在他製片的那個年代裏,無疑是在眾多「心理劇」中最爲激進的例子之一(胡許與莫林 Edgar Morin 的《夏日編年》Cronique d'un été 是這類的作品當中較有「學院」氣息的一部)。他最原創性的東西是攝影機角色的轉換(時而是偷窺者,時而是參與者,有時利用不流暢的搖攝與伸縮鏡頭(zoom)做爲創造「距離」的設計,有時它僅是導演控制之下的工具,使用傳統的鏡位來決定銀幕該如何呈現),這些大量的轉換有效地揭示出人物本身所具有的曖昧性(那位美麗的女孩眞有女扮男裝的癖好?或者她僅是穿著男裝的同性戀者而已?抑或什麼也不是,只是在別人的慫恿之下,扮演一個同性戀者在女扮男裝而已?諸如此類的問題)❼。本片這樣的表象不斷地相互作用著,觀眾根本看不出來哪些是即興之作(不管是自然生成的,還是早已決定好了的),哪些是經過事先商議之後而演出的。儘管如此,也可能因爲在每個層次上這種即時的曖昧性。《契爾西女孩》具有異乎尋常的張力,並且能夠貫徹到整個段落之中,同時由於影片的十二個段落,每個段落都和攝影機所裝的片盒長度一樣(三十分鐘),更強化了這樣的張力。如此形成了長時間的連貫性,也使攝影機在進行其角色轉換時成爲可能(諸如,在這齣心理劇裏,當一個施暴者走到底片長度讀數器前,去控制這場施暴該延續多久時,攝影機便從偷窺者成爲施虐者)。

整部影片(這部影片共有兩本,同時放映在兩個銀幕上,兩個聲

---

❼在《我是一個黑人》中,這種程序已經內化爲影片的基本形式,例如影片中許多角色週期性地伴裝成魯賓遜(Edward. G. Robinson)、科雄(Lemmy Caution)與蘭姆(Dorothy Lamour)。

軌多多少少地交互隨機出現）採取開放的形式，這是個相當基本的過程，我們比較一下由自然外觀相互作用所造成素材的豐富性與複雜性，以及由幾個因畫面並置所形成的些許驚人但孤立的造型效果，還要來得更令人印象深刻。在這個觀點裏，影片在某些程度上似乎順從本章前面所陳述的事情：雖然牽涉到某些純粹機遇的互動形式，也許是一部影片價值的指標，但是「開放」作品的概念，對於此時這個媒體的基本問題是毫無任何關係的。

意外性也以另外一種錯綜複雜的形式干預了《契爾西女孩》，有個真正無法控制的世界就在畫外（也就是這個銀幕空間之外的世界，它令人感興趣的地方就是在某些程度上無法決定到底想要控制哪一點），它扮演著斷續性、但極有力量的角色，並十分出色地在偽裝外表的相互作用之間來回穿梭，直到後來，在最後那個段落裏，華荷的兩個主角發生了真正的打鬥，而他們「動作」某些時候移到畫外。在這樣銜接當中，我們應該注意到了純粹機遇的世界（正如我所說的，這會被一般電影工作者排除到畫外空間某個被遺忘的角落），似乎是最可信的，儘管我們不確定真正地看到它，不過仍舊可以感覺到它的存在。當它隱藏在緊鄰視野之外的地方，而且並未真正進入視野時，更無法感覺它的存在。一旦這個機遇世界暴露在銀幕上，一個整合的過程便開始：這個偶發性的真實（原則性已經超越了控制，特別是對任何無法控制的事件）被拍在底片上之後，便逐漸成為人們可以感知的一部分，這並非因為聲音更為寫實的特質，也不是視覺影像更為顯著風格化的結果，而是因為我們對看不到的某些東西的一種恐懼，以及畫外空間的不可掌控性（恐怖片便可以進一步說明這點）。特別是當電

影工作者讓我們體認到這種控制的喪失根本不是模擬出來的（如恐怖片中的那樣），而是絕對真的，如此也讓我們知道，事實上，當**任何事**物都有可能從畫外空間出現，這就更加真實。簡單的說，當我們看到影像（一般我們總以為影像是經由**人為**操縱的，不管這個人是導演抑或攝影師），而同時又聽到他相反的另一面之際（也就是說，一個畫外未經控制的元素出現時），最後導致一種自然生成的辯證張力出現。可是，當未經控制的世界其片段「進場」時，不論它是我們所期待的，還是不速之客，雖然它持續了數秒鐘，可是它仍是個「外人」，而當這個新元素逐漸成為銀幕事件發展的一部分時，便喪失了置身局外的資格。另一方面，如果一個人出鏡後繼續說話或進行任何動作，那麼相對來說，他依然是組成可預知空間中的一部分，而其實他只是把原先的世界延伸到畫外空間罷了。這是從《契爾西女孩》一片中學習到的寶貴一課，它提供了另一個極為複雜的變數，這同時牽涉到素材的辯證關係、攝影機所扮演的角色，以及前面曾討論到的有關畫外空間與銀幕空間兩者的關係。

我們現在就來討論高達的作品，從《一個已婚婦人》以降，他所有的作品基本上是植基於攝影機（當然最後仍得還原到觀眾身上）和相關演員之間其所擔任的連續性角色。在《一個已婚婦人》中，攝影機做為一個參與者，或被動的觀眾或表演的「領班」，或是動作的支配者，在這些角色的輪番更替之間，高達已經相當清楚地指出：至少當攝影機是一個參與者時，會插入一個帶有編號的字幕來宣告這個事實，而構圖上極端的風格化亦揭示了攝影機是表演的「領班」的事實。但是，正如高達常做的那樣（從這方面來看，在他的作品中，外表偽

裝的相互作用其實也變得相當重要），在某些場景中，讓演員進行即興的表演是相當難以拿捏其分寸的，同時正因為即興創作在影片其他地方扮演相當吃重的角色，但我必須強調的是，這種不確定性像在孟基維茲（Joseph Mankiewicz）的作品中便不會出現這樣的角色。

這種曖昧性最有系統地干預是出現在《我所知道關於她的二、三事》中，事實上，這也為影片提供了一個基本的特質。在這部影片中，演員與攝影機之間的關係在任何時刻都有可能發生變化，甚至在一個鏡頭的中途（例如在服飾店那個炫麗的段落裏，女店員與顧客的旁白巧妙地與視覺型態結合，其複雜性已近乎舞蹈了），或者在一句台詞中（例如芙拉迪在髮廊裏的獨白）。有時變化是顯而易見的，有時到了事後才恍然大悟，有時雖然觀眾隱約地感覺到「在什麼地方發生了變化」，但卻很難確定到底是什麼時候出現的。

高達有時候似乎看不到在偽裝外表相互作用之下所形成特有的結構及其在形式上（也就是美學上的）的可能性，在《中國女人》（La Chinoise, 1967）中，這樣的變化充其量只不過將其化約到最簡單的表現形式而已。當然，高達的貢獻並不僅於此，如果沒有他的話，本章某些重要的概念將無法成形。

然而，為何要向讀者隱瞞我擔憂這些「基本概念」過於同質性呢？通常有些可以表達出來的觀點似乎帶點形而上的抽象意味。但是，本章可能是這本書最重要的部分，因為儘管本章僅僅道出一個真理，那就是實際上電影素材總是難以駕馭的，可是這個真理卻是相當基礎的，因為始終很難依照我們心中所構想的看法進一步去掌控電影素材❽，然而，我們是否從此就要拒絕電影形式及其結構任何一個先入為

主的手法，就像某些人要我們做的那樣呢？而如果這樣的話，那本書餘下的部分是否就已經過時了呢？電影創作必定要變成純粹實證的性質嗎？我當然不相信。我堅信儘管很少有人以確切的態度來處理這個問題，有必要去尋找解決電影素材難以駕馭的特質，以做爲在我們拍攝**之前**概念化過程的一部分。如果一部影片在每個面向上都要求絕對嚴謹的話，那麼它從分鏡階段（不僅只在剪接或拍攝階段）就必須把機遇的功能一併考慮在內，而且還要從影片的「構造」面向上（艾森斯坦的手法），從形式的面向上（眞實電影的貢獻）加以考慮。電影工作者及其影片之間似乎存在一種不確定的原則在作祟。他不可能不假思索就隨便用攝影機拍任何的東西，因爲他所拍攝的對象是現實生活本身，而這個更與攝影機人工化的特質格格不入。就像現代物理學家遭遇到某些基本粒子一樣，電影工作者必須從兩方面來考慮，一方面是他運用的工具與他們自己，另一方面是生活，而兩者之間存在著不可避免的鴻溝（也許有一天會有人把艾森斯坦與高達的手法融合在一起），如此才可以跨越這道鴻溝，把生活當成素材來處理，並使它定型，從而使一部作品變得更爲豐富飽滿。

---

❽原則上，動畫影片是一個普遍的例外，然而，在這方面，麥克賴倫（Norman McLaren）的情況卻相當有意思。在他的「黃金時期」，這位蜚聲國際的加拿大人有意選擇一種技巧（直接畫在底片上），於是便把偶然與無法控制的因素引入畫面之中，可是在以前，這些東西被認爲在技術上有缺陷，更明確地說，當時麥克賴倫的影片其圖案具有相當不穩定的特徵。

# 第八章

# 攻擊性的結構

　　在前面幾個章節中，曾經提到某種「配切」所造成的不快感，直到最近，這種剪接型態仍舊被認為是一種「不好的」剪接。但也有人建議，這應當可以被整合在一個更為寬廣、不合常規分鏡的造型概念之中，將它造成某些程度與性質的不快感納入考慮，並視為一種參考的係數。特別是由方向錯誤所形成的不快感（因為不當的視線方向轉換、錯誤的銀幕方向與運動方向），毫無疑問的，這些向量元素都是可以控制的，可以用另外一個全新的方向感來處理，如此便可以產生前面曾說明的「反作用」或「延遲」的切換。「驚訝意外」在分鏡上引起的重要作用，同樣也提到過。「反作用」切換的結果是「驚訝意外」（實際上，我們將會驚訝地體認到，在兩個鏡頭轉換之前，所面對的並不是自己所思所看的時間或空間的輪廓），在銀幕空間與畫外空間兩者關係的知覺上，任何突然的鏡頭切換都會製造出相同的效果。

　　電影畫面想要吸引觀眾的注意，此處所界定的驚訝與不快感，可以說是最適當的兩種攻擊形式；在張力逐漸增加的攻擊性範疇中，以及在電影工作者受限於觀眾背景歧異而無法任意揮灑的情形下，他們都同時處於某個極端當中。這個無可否認的威力應當歸功於早期的電

影工作者（當盧米埃的火車駛進車站之際，觀眾會本能地閃躲），不久便被認為是對公眾真正的威脅。為了應付這種威脅，出現了許多官方或非官方等種種形式的檢查，可是到了後來，他們所關注的不是**形式**，而是**內容**。但是，就目前法國來說，某些最前衛的電視電影工作者盛行運用極為暴力的風格（如極端快速的剪接、節奏狂亂的伸縮鏡頭）❶，多所抱怨，這將會導致人們相信，電影檢查人員最後可能會更為關注抽象的攻擊性形式。電檢制度始終是用來保護大眾，免於被侵害，免於受到任何事物威脅而引起身心不快的手段。儘管包括政治性與社會性的電檢形式花樣繁多，但卻不應把它錯認為是某個政權以其威權強加於人民之上的東西。相反的，檢查制度是大眾強加於電影工作者身上一連串的限制，大眾以自衛的姿態，藉此保護自己免於受到像新聞播報員口中所謂的「聳動性暴力」這種經驗形式的傷害，當然，像此類的傷害形式還有很多。

　　檢查制度的問題已經逾越了本書所要討論的範圍，此處對美學攻擊性所做的分析，並未涵蓋檢查制度在內，或者只是把它當做是某個時代某個社會中的社會現象而已，這個現象是因為禁忌遭到破壞所引發的緊張。至於這種禁忌受到破壞的程度，事實上，正是我們將要討論到的，在各種攻擊性的美學張力中其內涵為何。在某種層面上，處理這個概念的態度是必須有事實做基礎的。而巴塔列❷揭示了禁止與違法之間的辯證關係，就某些程度上，可以用來釐清影片與檢查者之

---

❶自 1967 年那時候開始，法國電視以一種令人難以想像的方式變得更為順從。

❷巴塔列對形式的抽象化不會特別注意，而且根據我的了解，在結構方面，他從這種辯證關係中並沒有獲得任何結論。

間的關係❸。

　　實際上，所謂的「違法」與「禁止」這兩個普遍性的術語，是從巴塔列那裏借用來的，因為所有可能遭受檢查的畫面，不管是色情的、令人作嘔的、暴力的還是具顛覆性的（這和某些影像使一個政黨或政權感到困擾有所不同，雖然不會使整個社會陷於不安，至少給政府帶來某些不便，但是不會毀滅其根本，就像南特 Nanterre 貧民窟與選舉舞弊的畫面其本質是不同的那樣），雖然其間仍存在著某些差異，但還是攻擊性的形式❹。我們現在就來討論一下什麼是**痛苦**，因為這裏所談到的痛苦，往往是屬於精神層面的，但是有時也有肉體上的痛苦。而當痛苦是來自某些辯證性的違法形式，並且是由「正常的」成人，是由那些在毫無精神受創的威脅下，能夠忍受牙醫電鑽的人，以及一件藝術作品儘管再如何抽象、曖昧，還能理解體驗的人，都可以把它視為美學經驗上的一部分。《獸血》（Le Sang des bêtes）不是一部給兒童觀賞的影片，而《去年在馬倫巴》當然也不是❺。

❸這需要用一種不連貫的方式才能達成，因為這個領域是如此主觀，以至於要一群人來表現全人類社會的願望，似乎比其他領域還要困難得多了。

❹如果走馬看花似地讀完上面的段落，也許你會覺得我在為檢查制度辯護，當然這肯定是錯了，影片工作者與電影愛好者都必須以各種可能的方式來看待針對成人的檢查制度，不管他所持的理由是對或錯。不幸的是，情況往往不是如此。電影檢查制度以各種方式存在於每個國家之中，這個普遍的現象，應該使我們體認到，這是來自媒體本身的特質，因此這不僅是美學上的，同時也是政治上的結果，這是每個電影工作者都應有的認識。

❺允許美國兒童觀賞一些可怕的恐怖片，並不是說恐怖片不會引發美國青少年犯罪問題，而是在美國人的現實生活中所存在的暴力，已經讓兒童學習到很多了，所以他們可以看這些恐怖片。有些心理醫生相信，這些影片是相當好的淨化藥劑，它們可以使兒童（甚至是一些成人）把他們攻擊性的幻想投射出去，卻不會傷害到任何人。另一方面，在歐洲，利用一些理由禁止年紀較小的兒童觀賞某類的影片（這不是完全禁看某類的影片），因為在歐洲社會中，兒童所生存的現實生活當中，日常暴力相當罕見，較美國同年齡的小孩更容易受到傷害，更需受到嚴密的保護。

應該已經很明顯了，我們之所以會考慮到攻擊性，是因為一個影像其實際的內容，基本上，和純光學的攻擊性沒有什麼不同（美國著名的動畫家布瑞爾 Robert Breer 製作的某些影片，那令人暈眩、「刺眼」的畫面，至今仍讓人印象深刻）❻，或者像我們曾提到的，由於方向性錯亂造成更為詭譎的攻擊性形式，也沒有任何差異。

　　事實上，每一種這類攻擊形式的來源，都是由於當戲院裏一切燈光熄滅之後，銀幕與觀眾之間建立起類似催眠般的關係所致，克拉考爾（Siegfried Kracauer）便進行了相當好的分析。不管他批評的水準如何，當一個觀眾坐在暗室裏突然面對銀幕上的畫面，是完全任由電影工作者擺佈的，而電影工作者卻可以在任何時刻、以任何手段對他暴力相向。如果觀眾不得不超越這個痛苦的門檻，他的防衛機制就必須進行調整，他可能會提醒自己：「這只是電影而已」（以下會更詳盡地說明這種疏離的現象），但這總是亡羊補牢之舉，傷害其實已經造成，強烈的不快，甚或是驚恐畏懼，可能已經悄然地越過門檻而來❼。

　　任何一個「正常」的觀眾，當他第一次觀賞《安達魯之犬》（Un Chien andalou, 1926）時，看到那個割眼球的著名鏡頭，肯定是相當震驚，而且在這個鏡頭之前，似乎有意讓觀眾的情緒和緩下來，目的是為了營造一個放鬆的情境：一個男子愉悅地磨著剃刀、抽煙，在他身

---

❻當然，到了今天這類「閃爍」的影片成為實驗電影的著名領域。

❼在此處應當特別指出，在實際的運作當中，這類型觀眾很少以「崇高」的目的來運作，像本書為了引起讀者注意，特別精挑細選出某些案例那樣。如果我們仔細思索一下，它在虛幻的、「零度風格」的電影中所產生的異化作用，它的重要性在於這與觀眾所認為的「好」與「壞」是相當不一樣的（像這裏所指出的「好」是由「疏離效果」產生辯證性的「認同」）。

旁，有個女人正倚著陽台靜靜地欣賞著夜景。儘管我們把這部影片看了好幾遍，依然可以感覺到那個鏡頭的震撼力，而當我們第二次或往後再看這部影片時，其中傷害性的本質仍在，只是它的震撼力會讓我們回想到對影片開場的感覺，從而使那個「平淡」的開場段落，讓我們期待一種奇異的情緒色彩出現。就我所知，《安達魯之犬》是電影史上第一次嘗試把攻擊性做為其結構成分的影片，不可否認的，這個影像成為此部電影的引力重心，其震撼力所形成的餘波來回地蕩漾著，在某個特殊的時刻裏，無庸置疑的，這與它想要創造如夢境氣氛般的形式有相當大的關聯。在放映約兩分鐘之後，這個關鍵性的鏡頭出現了，其作用是把影片分成兩個不同的部分，同時，每個部分都具有其自身的詩化意義，但沒有這個鏡頭則其內涵便迥然不同。為了證明這點，我只需指出有個經過修剪的版本，裏面並沒有那個割眼睛的特寫鏡頭，但是對於看過原版的人來說，其所造成的效果卻是相同的，這就好像看過彩色片之後，再看黑白版本的效果是一樣的。

雖然攻擊性是《安達魯之犬》的主要趣味所在，但是此後卻少有影片能再以如此具有張力的形式做為結構的組成要素（但如果我們再看布紐爾的《無糧之地》Land Without Bread, 1931 的開場，將會看到它是如何從平靜無奇然後過渡到恐怖）。倘若沒有法蘭茹（George Franju）的《獸血》（1949），那麼《安達魯之犬》將會更黯淡無光。

法蘭茹影片其開場的表現方式，與達利（Salvador Dali）、布紐爾幾部影片的開場有相當類似的地方。充滿「民粹主義者」詩意的影像，伴隨著帶有些許感傷的音樂與懷舊式的旁白，使觀眾處於平靜的狀態之中，這和《安達魯之犬》的開場有著相似的功能。我們再次等待一

個莫名的不幸到來。如果不是因為片名提醒我們，那麼我們就會像電影中那匹好馬一樣，信任他人，甚至當一根小管子放在馬的鼻子時，整個情境看來似乎很普通，平淡得讓人感覺不到將會有不幸降臨。猛然間，一聲爆炸的巨響，那匹馬像遭到雷轟似地一陣跟蹌倒地暴斃，由於它是那樣地直接了當，這個猝死的畫面較之以前任何電影中❽所看到的影像還要來得令人震懾。觀眾此際歷經了第一次震撼。這部影片和《安達魯之犬》相較之下，這個震撼以無窮的變化貫穿影片全局，並不斷地重複著。這部作品的整體節奏便是以這種連續性地苦痛震撼為基礎，它給人的感覺就像美國那些天真的「總體電影」（total cinema）倡導者那樣，在放映恐怖片時，直接給坐在接上電線座位中的觀眾通電。用節奏來形容它似乎是最恰當不過的了，因為這些震撼強度是有變化的，有時由不同的紀錄片或不同長度的抒情片段來區別，而有時它們卻間隔相當近，例如在短短的幾秒鐘之內約有十隻羊被殺，接著牠們的屍體從壓縮空氣中浮出，皮被剝掉了，然後又是一個冗長的鏡頭表現屍體熱氣騰騰的樣子，雖然其外觀看起來是那樣美麗，可是仍舊不免散發出死亡的氣息。其中某些段落裏偶爾出現一些溫和的黑色幽默，破壞了影片結構的純粹性，尤其是在那場有個屠夫「在鐘聲十二響時宰殺他的小公牛」，然而這些結構的存在，主要是靠著剪接與潘樂維（Jean Painlevé）卓越的音響效果創造出來的。從我們所關注的焦點來看，最重要的是，它們實質上是把恐怖當成結構，所以不可避免

---

❽在劇情片中可以比較的例子就是《賴活》中娜娜之死。在高達的每部影片中，暴力的功能總是變化莫測且錯綜複雜，這很值得做專題性的研究。

地利用許多痛苦來感應（那些感官知覺反常的人除外）。至於超出人道主義者或素食主義者所關注的事物，那也許會激發某些較為敏感的心靈，因為我們每個人對於這種軀體遭受到殘暴攻擊都是相當脆弱的，而那些屍體其實和我們有許多極為相似之處。在《安達魯之犬》中，那個剃刀割眼畫面難道不正是因為我們自己的眼睛也一樣無法忍受同樣的痛苦嗎？簡單來說，無可否認的，《獸血》所展現給我們的，是一種在緊張與喘息的時刻之間幾近於音樂般的互動關係，因為在其形式裏，或多或少存在了較緊密的空間，也或多或少跨越了痛苦的門檻。

但是，在這方面，《獸血》仍舊是此類影片中唯一的一部。在美國，由檢查制度所設定的限制，在最近幾年裏才逐漸式微，他們拍攝的影片，實際上只不過是殺人魔的性幻想電影而已（像《血宴》Blood Feast、《兩千個躁鬱症》Two Thousand Maniacs）。令人懷疑的是，這些導演的電影，是否像法蘭茹他第一次執導電影那樣，對形式具有特別的感覺，或者說，形式在他們的作品中，只不過扮演一種偶然的功能而已。無論如何，這些影片還是有意思的作品，如果從他們畫面所特有的殺傷力來說，這對複雜形式較為敏銳，或對當代形式方法較能察覺的其他電影工作者來說，無疑提供了可以開發的素材。姑且不論檢查制度的問題，西方電影工作者到底是否願意，或是否有能力來運用這些素材呢？普遍來說，歐洲的電影工作者較為關心電影的形式問題，像布烈松、安東尼奧尼與雷奈❾等人，在他們作品裏偏向於擺脫任何苦痛禁忌的破壞，或不太情願地包含這樣的破壞，所以都會以最小心的方

❾柏格曼已經證明這個規則也有例外，但他的情況相當複雜，容後再討論。

式將這類破壞元素安排在影片之中（雷奈的《戰爭終了》La Guerre est finie 的性，布烈松《驢子巴達薩》中激烈的打鬥場面）。另一方面，在布紐爾事業的晚期，當他對我們在此處所討論的形式體會更深之後，像《鄉村牧師的日記》與《青樓怨婦》（Belle de jour, 1967）這類作品已經達到的成就，他突然變得比較中庸的態度，已經不像在《被遺忘的人》（Los Olvidados, 1950）與《奇異的事情》（El, 1952）等作品那樣，帶有尖銳的諷刺意味，而必須特別附帶說明的是，這些作品也並非那樣完美無瑕。

然而，日本人更習慣於生活在恐懼之中：現代人可能比他的西方對手更怕死，但是整個日本社會似乎更容易接納死亡的思想。像法蘭茹傑出的紀錄片那樣，整個日本劇情影片的殘暴傳統，較接近亞陶（Antonin Artaud）所提出的意義，特別是它在結構上的潛能已經被少數電影工作者領悟到了❿。黑澤明的傑作《蜘蛛巢城》（Throne of Blood）便圍繞這樣一個中心，在極端騷動的場面與相當沉寂的張力之間的交替建構而成的，其中最為卓越的就是淺茅（Asaji）等待她的丈夫武時（Washizu）去殺他們的領主時那個冗長的鏡頭。但是，這次謀殺和「情節」中任何其他暴力（包括戰爭、謀殺等等）都沒有出現在銀幕上：一場激烈的打鬥場面，卻是在真正打鬥地點很遠的地方，所聽到狂亂的馬蹄聲來**表示**，而我們看到武時暗殺的行徑，卻以一種相

---

❿最近在歐洲已經開始注意到了黑澤明之後一些日本的電影工作者，其中有很多人是直接涉及到用暴力美學運用，特別是大島渚、若松、豐田這些導演，最初是松本的《磨》(1972) 一部新布萊希特主義式的歌舞伎劇改編而成的，不僅有系統地將極端的暴力當成是結構的手段，亦做為疏離的形式。不用說，這在西方，尤其是歐洲的檢查人員，絕對不讓含有類似素材的影片與觀眾見面。

當風格化、「非戲劇性」長鏡頭來**表現**。只是影片尾聲，當武時在城牆上來回衝撞時，我們看到如雨般的箭穿透他的身體，此時銀幕上的血腥場面與始終處於畫外的暴力，在最後一刻終於匯聚在影像上，構成一種既混亂又簡潔的「終曲」，將前面銀幕外所蓄積的暴力張力，全部釋放出來。

日本另外一位導演，雖然地位不是那麼的崇高，但是卻相當多產的豐田四郎（Shiro Toyada），他也有一部作品可以做爲凸顯恐懼辯證法的例證。他的《四谷怪談》（Japanese Ghosts）便是環繞著這樣的畫面交替出現而構成的，這樣的替換通常牽涉到某些相似的元素，就是畫面十分隱晦不明，但卻帶有相當狂野的恐懼。強盜在樹林中殺了一個老翁的場面便是一個很好的實例，幾乎看不清那致命的一擊，而屍體也倒落在攝影機的視野之外。接著強盜俯身到那個未被看到的屍體，而且正進行一個看來彷彿相當吃力的工作，也許他正努力解開纏在屍體腰上或脖子上的錢袋。後來，另一個強盜出現，第一個強盜告訴他所做的罪行，娓娓道出他剝了那個老翁的臉皮，如此便不會有人認出他所殺的是什麼人了。到此，電影工作者的手法其實已經昭然若揭：暗示性的恐怖（此處利用畫外的空間來造成「延遲的恐懼」）。然後，兩個強盜以相當快速的方式不斷地在鏡頭中出現，最後那個一直被創作者小心隱藏的畫面直接展現在我們的眼前，那個被剝了皮的頭血淋淋地躺在地上，隨後一個極具暴力美學的畫面出現，我們看到一棵小樹上掛著一張完整的臉皮。這裏涉及到了一個無可否認的形式結構，就是《蜘蛛巢城》總體結構的化約形式，而且重複使用好幾次，並沒有失去原來的效果。我們對這種駭人的效果相當無法接受，當然

這種結構有他的目的，就是當觀眾在面對這種恐怖影像經驗之際，體驗到了驚懼與著迷的混合感受。在最初，那個被暗示的恐怖被挑起之際，原以為內在心靈上的畏懼很快就會煙消雲散了，哪知道這個恐怖的東西卻一覽無遺地暴露在我們的眼前，這種「魔術盒」的技巧更加豐富了形式的可能性。在痛苦門檻之下的範疇內，有些美國警匪片把暴力當做基本的素材，利用一種援引自音樂中的「主題變奏」技巧來處理；理查‧威爾森（Richard Wilson）的《艾爾‧卡彭》（Al Capone）便是從一系列謀殺的主題變奏所構思而來，每次謀殺都比前一次使用更為巴洛克式以及更難以預料的方式來表現。然而，這部影片是典型的好萊塢產品，亦即是部較無形式意識的作品。這種作品在此處充其量只能算是商業實用主義之下偶然的幸運事件罷了。

如果用這樣的說法來論斷美國喜劇黃金時代的佳作，似乎有欠公允。一方面，這種電影的形式以顯著的攻擊性形式為基礎，另一方面，是植基於一種看得見的結構。在山耐特（Mack Sennett）、基頓（Buster Keaton）、朗頓（Harry Langdon）的作品中，尤其是勞萊與哈台（Laurel and Hardy）最好的影片中，結構與攻擊性幾乎是並駕齊驅進行的。攻擊性可以用更多樣的形式與張力出現。驚喜，這其中當然也牽涉到笑聲這個重要元素（誠如巴塔列所認為的「無知使我們發笑」），一般這和出現有趣的延遲結構有相當的關聯。

在基頓的《小謝洛先生》（Sherlock Junior, 1924）中，最綺麗的時刻之一當然是那場戲，基頓在走進強盜窩之前，在木棚的窗戶外頭放置了一個裏面藏有女裙的鯨骨架，並有紙覆蓋在上面。他進入屋內之後，那羣強盜要脅他，基頓做了一個漂亮的跳水姿勢越過窗戶與骨架，

原來那個鯨骨架裏藏著一套老婦人的僞裝服，而基頓在落地之前已經打扮完畢了。當他一跛一跛地離開之際，強盜衝出門來，發現他們的目標物以相當快的速度逃脫得無影無蹤了，因爲他們沒有注意到那個老婦人的存在。

對於這種意外與不可能的噱頭，我們立即會感到痛恨與錯愕，而我們之所以會發笑乃是對於這種溫和攻擊性的反應。同時，這段落的**美感**是來自於結構。基頓在窗口早已安排妥當，然後從門進去，當他從窗口逃出時，強盜則從門出來追他。剛開始，我們根本不知道基頓到底在做什麼，這樣的疑惑恰好對應於強盜面對這些準備工作之後的困惑。詹姆斯·艾吉（James Agee）便是利用這種方式來分析這個時期的喜劇花招。但是必須特別強調的是，這種結構的美感經驗是來自由攻擊性所引發的笑聲所造成的，就好像《獸血》基本的節奏美感是來自完全的不同攻擊性，是由我們體驗到的痛苦所造成的。然而，美國偉大的喜劇藝術家製造笑聲並非總是這麼單純，至少對敏感的成人而言不是這樣的。有時，攻擊性的強度會跨越痛苦的門檻。哈洛·洛伊（Harold Lloyd）懸掛在一座摩天大樓的欄杆上，是一場噩夢中的影像，如此笑聲與恐懼混合而成的雜耍，爲這種結構增添特殊的色彩。還有，勞萊與哈台其「繁衍性」的結構，便是他特有的秘密之一，當他毀損了一長列的汽車，並在人行道毆打十幾個行人的太陽穴，讓他們痛得彎下腰來，或把一羣人推到泥坑裏時（在喜劇中，像這類隱晦的攻擊性是相當普遍的），觀眾會認爲他本身就是**攻擊性結構**的犧牲品，而所發出緊張的笑聲便是一種純美學式的滿足。在《長褲》（Long Pants）的段落中，最後提供了一個令人嘆爲觀止的例子，朗頓在白日

夢中謀殺了他的未婚妻，而後和一個匪徒的姘頭逃跑，他也試圖讓這個幻想付諸實現。當他第二次詢問那位天真的小姐是否願意「和他到樹林裏散步時」，他將一把手槍藏在口袋裏，這個情節完全重複了白日夢中的影像，最後卻出現最殘忍、最意想不到的結果。接下來是那場荒謬的戲（這時他盡其所能地分散未婚妻的注意力，因而沒有充分的時間在一個較遠的距離殺死她，整個情境就好像在白日夢中發生的那樣），如此的鬧劇在噩夢的氣氛下呈現了主題變奏的傑出案例（很快的，這個噩夢便令人難以忍受了）。這又是在笑聲裏混雜著嚴重的焦慮，而這種攻擊的雙重性卻以數理般的嚴謹形式運作（在白日夢中呈現的理想性的畫面，接著是現實中出現了各式各樣的阻礙，產生了種種脫序的變奏）。

很不幸的是，今天這樣的喜劇藝術似乎已經灰飛煙滅了。它構成了一種類型，這種類型與美國歷史上的某一時期有密切的關聯❶，它代表了美國的電影工業對於電影藝術做出的主要且唯一的集體貢獻，這種貢獻和法國電影的初始時期以及德國表現主義分庭抗禮，甚至其貢獻可以和偉大的蘇聯電影實驗者相互媲美。但是，直到最近，美國喜劇的優良傳統仍舊倖存於動畫影片的某些內容當中。最初是迪士尼的作品，迨他沒落以後，艾佛利（Tex Avery）的作品將這種傳統發揮得淋漓盡致。誠如薩杜爾（Georges Sadoul）針對艾佛利寫到：「他製

---

❶ 在法國的杜蘭德（Jean Durand）其主要的貢獻，至少在攻擊性的運用上是無人能出其右（像《下水道工人》Zigoto, plombier 中一個沒有放好的梯子摧毀了整棟大樓；或者在《偵探》détective 裏，一個屏弱的老女傭被身強力壯的主人殘暴地擊昏過去），然而，這些不應該被忽視的。

作的影片雖然有限，但大多以追逐和生死搏鬥的主題爲基礎，我們可以從這些影片當中看到想像力的自由流暢、近乎超現實主義的噱頭、刺激性的幽默、殘酷的冷嘲熱諷。」當華納兄弟公司關閉了動畫攝影棚之後，我們仍舊可以看到他的活力，這種活力展現在每件事情與其組織的意義上，兩個角色狂奔到懸崖邊，同時聽到令人毛骨悚然的哀嚎聲；他們一個鏡頭跟著一個鏡頭朝著攝影機跌落之際，這樣的哀嚎聲不斷地重複出現，一直到令人難以忍受的地步；這種場面雖然持續了約十秒鐘左右，可是卻顯得好像永無休止的感覺。而當他終於落了地之後，卻顯得像輕如鴻毛，然後又若無其事地開始前面未完的追逐。在這部影片另外的段落裏（很不幸的是，確實的段落我已經不記得了），有隻貓躲在中空的樹幹裏，狗以爲終於把貓逼進死巷當中，於是將牠的爪子伸進了洞中，卻只抓到貓給牠的番茄。狗使勁地抓，然後收回爪子，爪子全是紅紅的番茄。在一陣慌亂的反拍鏡頭當中（這種大膽突變的反拍方式，相當符合艾佛利的作風），狗開始呻吟地說著：「我壓死牠了！我壓死牠了！」這種慘叫聲一直持續著，直到令我們感到相當不舒服爲止，此後這場戲便不再那麼滑稽了。可是當貓出現看到另一段的追逐又開始之際，我們剛才的擔心才煙消雲散。

現在我們已經進行一個完整的循環，從「不好的」相配造成的不快感開始，如今來到艾佛利以調節性的變奏爲基礎，導致因激烈幽默而形成的不悅感。這兩種不悅感的型態或許不像最初所想像的那樣，彼此毫不相干。以攻擊形式來創造不快感，在當代電影的題材運用上變得愈來愈重要了。近年來，運用攻擊性來製造不快感最爲突出的例子，便是哈農那部引起軒然大波的影片：《容格訴訟的眞相》（L'Authentique procés de Carl Emmanuel Jung）。這部作品是根據納粹集中營曾經發生的恐怖事件為素材，以假想性的法庭審判為骨架，並盡其所能地以最風格化的方式來拍攝（沒有真正法庭的場景，演員分別站在黑背景中拍攝，利用剪接的技巧使他們面對面呈現）。我們始終並未真正聽到那些以時而克制、時而激動的演員聲音，敘述集中營裏目睹事件發生的經過。他們所說的話是透過翻譯人員那種機械性的、中性的以及非同步的聲音娓娓道來，這種疏離的特質其實已經創造了一種極為不自在的效果。此外，我們從審判期間令人驚悚的見證，以及看見那名二十五年前殘暴的施虐者（如今已是五十歲的老人）正安享家庭平和之樂的情景，兩者之間形成了極為鮮明的對比，而這種對比也造成了每個觀眾極大的困擾。最後，這部片子的造型形式與視覺風格（在任何方面上，其價值與《一個簡單的故事》相當，甚至在風格上比它更嚴謹）的發展皆獨立於目睹恐怖事件之外，有時甚至會採取一種沒有任何理由的視覺幻想形式，如此便構成第三種不自在的來源，這種不快感到了接近片尾的時候達到高潮，就是對毒氣室內部條件進行相當詳盡的見證之後，出現了一連串相當具有「美感」的鏡頭，即一個裸體的女人在一張雜亂的床上輾轉扭動。這個鏡頭在前面已經出現很多次了，而且每次出現都沒有任何根據，雖然片中那位記者的評論顯得相當贅述多餘，可是並沒有對它進行任何解釋。幾秒鐘之後，聽到記者對他的情人說話的聲音（雖然前面從未提到她，可是顯然是對銀幕上那個女人說的），他正述說著自己的噩夢：在他夢中，她成為納粹殺人魔的犧牲者之一，他正拖著身無長物的裸體在毒氣室裏爬行。這個特殊的案例中，一方面，觀眾的不快感造成了「疏離效果」，另一方

面，由時間與空間組成的結構發展得相當完善，這種既困擾又動人的效果如果沒有時間的推波助瀾是不可能達成的，這種完美的空間關係只有和那個不快感聯繫起來，才顯出它的美感來，可是這種不快感與我們享受到的美感發生衝突，而使得這種美感益加恐怖。

也許一些善意的觀眾對哈農這樣的影片相當反感，因為他們認為沒有人有權把百萬猶太人的苦難與死亡視為一種美學的對象，可是相對的，我認為正因為哈農這樣的處理手法，使得這部影片呈現如此的美感來。此處，我並不以這樣或那樣的方式來決定如此嚴肅的問題，只能順便指出，許多具有創意的藝術家（這些藝術家往往是超越了二流的水準）將邪惡化為美的對象，一般都是經由情慾的想像來完成的（像薩德 Marquis de Sade、紀渥 Edmond Genet、勞特蒙德 Lautréamont、巴塔列，在電影方面我們能記得的則有瑞芬斯坦 Leni Riefenstan）。那些拒絕這種態度的人（或拒絕以同樣態度去處理電影的人），儘管我們可以完全理解他們為何會如此，可是我們知道，這些人通常是無法把納粹集中營與其他最近的恐怖活動看做是「歷史劇」的人。然而，每個創作者當然有權運用這個「戲劇」來做為靈感抒發的來源，並且遵照自己的意思來處理它。如果以這種態度來看待哈農，這和左翼評論家指控柏格曼在《假面》裏摻雜了一些越戰新聞片的畫面是一種政治投機行為。這些評論家其實已經被自己的意識型態給蒙蔽了，以至於看不到柏格曼影片的真正內涵，一個自焚的僧侶已經不是可以用政治意義來一言以蔽之，那是人類暴力與缺乏公理的象徵，而影片到了那刻恰好需要這樣的美學元素而已。柏格曼完全不認同美國對越南所採取的政策，這完全是政治問題，也就是現實生活上的問

題，一個電影工作者只是讓人家了解他的想法而已，對他來說，藝術與生活是彼此互不相干的實體，這就是柏格曼，他不是高達，這何奇怪之有❷？

　　事實上，當我在寫這章時，我的目的在於平反那些對禁忌素材的運用（它實際上除了是眞正的禁忌之外，並沒有其他的東西與它有關），這也是本書竭盡所能地想要界定的結構概念。更重要的是，本章其他的目的在於利用所有以暴力和攻擊爲形式的案例，使這些素材對於這種「數學式的形式」更有幫助，並透過抽象的形式使情緒性的元素可以昇華到某種境界，可是仍舊可以保留這種情緒性的衝擊。如包爾茲（Pierre Boulez）指出的：「如何將精神錯亂的瘋狂狀態進一步變成有創意的情緒性元素，這是我們必須重視與思考的。」

---

❷在我寫這本書的時候，對藝術實踐的意識型態所持的觀點至少仍是含糊不清的，從我現在的觀點來看，那時還眞的很天眞，爲了一個尚未界定清楚的主張竭力辯護。我之所以不想刪掉或重新書寫，是因爲我想讓它留下來，可以見證了知識混沌不清，藉以說明本書仍舊有許多不足之處。

# 第四篇
## 反思電影主題

第九章

# 虛構性的題材

以前人們不屑於用系統性的方法來關注電影，如今我們從有限的、中性的與基本的研究領域為起點，漫漫走來，當我們接近本書的尾聲之際，終於可以討論另外一個更為寬廣與「形而上」的領域，幾乎所有的電影評論都致力於這個領域的研究，甚至在《電影筆記》（Les Cahiers du cinéma）所發表的文章中，其中有四分之三率涉到電影主題的問題，而當談到電影形式與句法等問題的時候，也不可避免地會從這個角度來討論。既然在此之前，已經有那麼多人討論這個主題，如果我依然試圖討論這個已被人們徹底探索過的問題，依然要在本書裏凸顯電影主題的處理，那我對待它的態度必須和所有電影理論家與影史學家迥然有別（雖然不會和某些電影工作者有所不同）。一方面，電影主題的問題要從形式與論述的觀點來處理，這種方法是本書對待電影一貫的態度；另一方面，更重要的是，我試圖從類型的角度來探討主題，而一般是把它視為特定案例的總合以及一系列的主題。

當我們在選擇電影主題時，如果有人同意，至少電影已經部分地發現其固有結構的可能性，以及應當重視此一事實的存在，那麼我們就必須反問自己電影的主題是什麼，或者說，何者構成一個「好的」

電影主題，或者更精確地說，**今天**一個好的電影主題是什麼。

除了早期電影中那些偉大的、所謂的創始者（像梅里葉、寇勒、費雅德 Louis Feuillade 等人）和一些早期傑出的喜鬧劇導演的作品中，電影的題材完成了一些形式上的功能，而傳統的電影工作者在處理電影題材上，傾向於採取以下兩種態度：他們認為題材相當的重要，如果處理電影題材可以提升「內容」的話，那是一樣的重要。大多數講究品質的商業導演都持著這種觀點，其中以奧登-拉哈（Claude Autant-Lara）便是這種態度的典型；或者，與這種態度相反的，有些人認為影片的主題根本就不重要，處理主題的方式才是重點；就這點上，不僅是像克魯索（Henri-Georges Clouzot）這種小藝術家，甚至是像馮・史登堡這樣偉大導演都秉持這樣的觀點。矛盾的是，這種外表看來相左的態度卻反映了相同的概念，一種在今天開始遭到排斥的概念，也就是電影工作者所指的僅有導演而已，他採納自己或別人提供的劇本，然後將它轉化為影像。拉巴特曾簡單扼要地描述了這場詞彙的論戰，這同時也是幾世代以來的爭論，他指出這種二分法潛藏著相當嚴重的問題：

> 關於這個讓評論界較能「捕捉」電影的兩個概念（就像龍蝦的兩隻鉗那樣）。場面調度忽略了題材的探究，往往僅談及它是如何**展現**的。自狄呂克（Louis Delluc）以降，判斷一部電影總是會涉及到對表演、對話內容、攝影美感、剪接效果等等的判斷，如果說，在三、四〇年代，電影評論或多或少可以「捕捉」到它的對象，很簡單那只能說電影根本沒有進化，或者只能說在場面調

度的範疇內有限的發展而已❶。

當馮‧史登堡在拍《紅色女皇》（The Scarlet Empress, 1934）時，他很清楚銀幕上的戲是相當微不足道的。對他來說，重要的是造就一個視覺的客體，而爲了實現這個目的，他必須進行一些操作，就是**把一些東西塞入影像之中**，就如同把船放進瓶子裏，或在紙上作畫那樣。雖然奧登-拉哈（如在《血肉魔鬼》Devil in the Flesh、《巴黎之行》La Traversée de Paris 這樣的影片）也運用像馮‧史登堡那樣，創造了一種人造的風格，但是其所持的理由卻恰好相反：他認爲主題是最重要的，風格應當爲主題所用。對馮‧史登堡來說，場面調度本身就是目的；對奧登-拉哈而言，它只不過是一種手段而已，這兩位導演雖然同樣重視風格與內容，可是處理的態度卻截然不同。然而，他們對待電影所秉持的基本概念，最後卻殊途同歸：兩人都相信，電影的題材與形式（或者用他們的話來說就是電影的「風格」）兩者之間存在著某種主客的關係。在電影世界裏，其他比較有想法的人往往把它視爲「形式與內容的融合」，但這只是代表以某種美學觀爲基礎的立場，而本世紀以前的美學觀如今看來似乎已經落伍了，因爲對那些倡導「巨型綜合體」（great synthesis）的人來說，仍舊把劇本寫作與造型加工當成兩種彼此分離、各不相干的步驟，因而在它們之間舉出何者較具有優先性。事實上，每種觀點都把電影的分鏡當成在內容存在以前，賦予視覺形式的基本過程，而且不管對某些電影工作者來說，這個過程如何優先於影片的內容，是如何處於附屬的地位，它始終被呈現於**事實**

❶《電影筆記》，195 期，66 頁。

*之後*，它始終只是被疊印在預先存在的銀幕劇本上，而銀幕劇本本身卻僅是某種題材的**文字**發展而已。

　　當然，仍舊存在著某些例外，在兩次世界大戰之間，這類最重要的作品，無庸置疑的要算是尚・雷諾的《遊戲規則》（1939），這便是它爲何成爲傑作的原因。如果說，《遊戲規則》稱得上是現代電影的先趨的話，那麼便是因爲尚・雷諾精確地選擇了重要的題材，提出了有趣的形式問題，甚至連他影片的組織肌理，都是**直接**從題材而來的。在當代的語境中，這便是電影題材問題的關鍵所在。當電影工作者最後終於體認到他們能運用的電影手法時，當他們看到影片中的每個元素能夠與其他的相互運作，進而發現電影原本便具有有機創造的可能性時，最後這個元素成爲製作電影的過程的起點，如此說來，一部電影的主題必須從最終的形式與肌理來思考。至少這個問題看來是一個適切的當代模式。當尚・雷諾在爲《遊戲規則》選擇題材時，就已經看清這一點了，他在電視系列節目《我們這個時代的電影工作者》中，與希維特的對話裏所觸及的相關解釋，便可以證明。這裏就舉出一些比較顯而易見的，像來來回回的瘋狂追逐，各式各樣的跑來跑去，以及運用各種繁複的手法使景深與畫外空間發揮作用，如此構成了《遊戲規則》基本的形式設計，而我們所看到的影片內容，像情人身分的錯認、傭人與主人在彼此各自的世界裏瞎鬧等等，實際上只是事實的延伸而已（即音樂家所說的「主題延伸」）。甚至從最單純的意義上來說，題材不僅存在於每個段落中，也存在於每一個鏡頭裏，至少從某個層次來看，它被涵蓋在一個微觀的世界裏。

　　我們可以簡單地比較一位導演的兩部影片，也許更能說明題材如

何產生形式，雖然這個導演一向都很注意形式，但是如果與尚‧雷諾相形之下，顯得較膚淺些，因此可以提供一個更清晰的案例，那便是希區考克的《奪魂索》與《鳥》，這兩部是他美國時期最好的影片。《奪魂索》參考的題材比較像經典的舞台劇，像一般傳統的三幕戲，舞臺演出的出場與入場。從美學的層面來看，選擇這樣的形式完全符合了影片處理的題材，但我們並不能就此說形式是由題材轉化而來。《鳥》所採取的卻是截然不同的手段，其整個結構，甚至連影片的真正風格都隱含在題材之中，那便是美國夢逐漸的幻滅，以及好萊塢所勾勒的中產階級生活的死氣沉沉與幻想優渥生活的破滅。打從第一隻鳥啄傷了海德倫的前額開始，中產階級的現實便逐漸地被這種暴力戳破，影片的整體發展是植基於這種暴力逐漸蔓延開來，以這樣的方式建構了個別的影像與全部的分鏡。這部影片像他所參考的題材那樣，有個開端，但是沒有結尾，而如果有的話，則是隱藏在銀幕世界之下千萬隻鳥的攻擊裏。《鳥》就是這樣一部影片，其**每個層面**的每樣東西，都是直接從這個基本的情節中延伸出來的。

從題材與處理題材的方法之間出現的影片關係中，我們在當代電影形式和音樂策略中發現了另一種類比，這是相當有真實性的類比。如我們所看到，序列音樂作曲家對於某個調性或某些調性其選擇的基礎（他們為音樂提供了「題材」，也就是音樂家們所謂的作品的「主題」，雖然調性有各種不同的功能），和完成作品的形式之間，存在著相當雷同的概念。序列音樂作曲家們相信，一部音樂作品的整體發展必須從基本的元素中延伸出來，或者他們彼此之間應當有所關係，甚至當我們感覺不到這個元素單位的實際存在，也是如此。

對於序列作曲家而言，從微量的元素發生作用到一部作品的完成，幾乎是種生物性的成長，從德布西和荀白克偉大的作品所迸發的觀念，而他們致力於音樂作品更為偉大的有機性連結，僅是廣泛嘗試的一部分而已❷。秉持著相同的目的，某些電影工作者最近也開始注意到，在他們所選用的電影題材，以及由這些題材援引出的最後的電影風格與結構，建立相同的次序關係。

我們雖然曾經花了一些篇幅研究過以下的兩部影片，那就是《愛情編年史》與《一個簡單的故事》，它們所代表的是以各自的方式，在為界定題材的結構功能的重要階段。這裏沒有必要重述已經說過的話，請讀者參考第六章，可是我們可以從以下的另外一個角度來重讀。

但是，首先必須進一步加以說明的，在電影工作者中，似乎沒有必要界定「電影題材」，特別是那些劇情片，就是那些以虛構劇情為敘述基礎的影片。任何電影工作者可以從每星期報紙的娛樂版上，閱讀到新片欄位下的影片簡介，做為電影題材來源的參考。

然而，當代的劇作家往往會以嘲諷的態度，認為這些文章僅僅是「劇情的本事」而已。而在編劇對一些形而上的現象興趣越來越深入之後，電影工作者卻由於面對藝術的實踐實質，這種實質就像面對雕刻作品那樣真切，不得不使自己迎合一個具體、**本質**是現實的東西。這樣對影片工作者來說，像宮布洛維奇（Witold Gombrowicz）現代小說鉅作《宇宙》（Cosmos），其「題材」根本就不是「對宇宙所持態度

---

❷因為這種統一性運用到不連續與跳動的音樂表現風格，而受到破壞，因此我們這裏便可以得知，現代電影形式的發展與現代音樂之間其共存共容的關係，已經昭然若揭。

的詮釋」，或是其他相當抽象的陳述，其實只不過是「兩個人共組一個家庭，居家的生活裏，某些神祕的徵候讓他們想進一步去探索，認為這裏存在著某種不可思議的事情，於是兩個人開始試圖去尋求解答，……或把它挖掘出來。」很顯然的，宮布洛維奇是以純粹抽象的問題為起點，但是這種抽象對於想把這部小說改編成電影的製片來說，一點意義也沒有；製片感興趣的是具體的視覺結構，那延宕性的主題，角色間的交流等等。影片最終是由影像與聲音組成的，思想的介入那是（也許是）後來的事。這點至少在劇情片中是如此。可是我們會在下一章看到，行之有年的非劇情片，其**出發點**是把「題材」看做是抽象概念的互動，而其最終的結果是聲音與影像組合而成的電影。讓我們再回到界定電影題材的意圖上。

　　如果要使主題具有功能性，最重要的步驟之一可以在羅勃-格萊葉改編他自己小說的電影中找到。他的小說本身即是為「書寫電影」進行了非常原始的嘗試，雖然，最初「書寫電影」這樣的想法似乎有些幼稚。顯然，當我們看到傳統小說的形式已到了黔驢技窮的時候，羅勃-格萊葉在《擦子》（The Erasers）中，卻是相當天真地採用各種假電影的手法（如溶、跟鏡、搖攝、特寫等等）。在《擦子》小說付梓之後，冗長的描述詳盡到近乎一種拙劣模仿的地步，如此製造出來的效果，最後被諷刺為「土地測量美學」。很明顯的，從這裏他想要創造出具象的對等物，那種像電影影像**本質**「客觀」呈現出來的東西。他的小說在這方面的實驗雖然屬於次要的，不過仍吸引許多年輕作家的注意。儘管如此，做為電影工作者的羅勃-格萊葉，卻沒有循著這條路線繼續探索下去。雖然在他的小說裏，進行對主題具體化的嘗試，無疑在文

學史上會留下一定的痕跡，但這卻不能在影史造成多大的效果。

羅勃-格萊葉對於重新界定題材與形式之間的互動關係，自有他不可抹滅的重要性。他的作品很可能會在電影界產生深遠的影響，因爲當他把那套手法應用在文學上，就必須承擔冗長的風險，這使印刷在紙上的文字顯得相當地單調貧乏，但是在電影中，運用同樣的技巧卻可以影響所有的實質層面。他引入敍事藝術的主題與變奏原則，當應用到電影這個綜合藝術時，相對獲得無限實質的可能性。正因爲這個原因，這位富有創意的藝術家，以無比的熱情投身於電影製作，以他那種地位的作家卻是前所未有的。

簡單地討論羅勃-格萊葉的貢獻之後，我另外再從另外一個簡單的例子來談，便是他的第二本小說《偷窺狂》（*The Voyeur*）。這本書的情節（就是我們所謂題材的東西）是以一種相對連貫的方式發展而來的，但是中間卻因省略了一段很長的時間而遭到中斷，而在被省略的段落中發生了小說眞正的動作，就是謀殺。然而我們可以從各個層面上，從單一的句子到整部小說，也包括中間的部分，發現故事的發展被一連串的「跳接」與省略所打斷。這也就說明了爲何他的小說對電影工作者來說是如此的重要。他創造一種不斷繁衍的敍事，就像晶體一樣從單一基本「細胞」，一直發展成爲一個整體，這個整體是前後呼應的，甚至連他的矛盾也是一致的，因爲在全部的雛形狀態中一些未成形的概念，或多或少都以可以辨認的形式來反映每一個面向。十九世紀沒有一本小說具有形式統一上，可以和羅勃-格萊葉的作品相提並論的，甚至是那些不成功的作品也是如此。如果電影可以像音樂那樣（當然它可以），能夠朝著邁向越來越大的有機統合體發展的話，那麼近四十

餘年來，文學相當大方地提供給電影眾多的敘事形式，顯然沒有多大的用處。然而，潛藏在這些老舊的敘事形式之下的題材，仍舊有其用處，只要電影工作者從中嚴謹地挑選出有效的**電影**形式與結構。如果挑選合乎常理的話，那麼將會導致電影題材的蓬勃發展，這與同樣的題材在文學中的發展所造成的結果是迴然不同的，我們只要把繆塞（Alfred de Musset）的《古怪的瑪麗安娜》（*Les Caprices de Marianne*）與尚‧雷諾的《遊戲規則》進行比較便可以一窺堂奧。

在他第一部被拍成電影的劇本《去年在馬倫巴》中，羅勃-格萊葉對於有機綜合體的關注更甚於《偷窺狂》。在影片中，每個鏡頭、每個事件，至少讓觀眾會想到其他的時刻，並經常在影片的某些時刻裏，利用重複、變奏或矛盾，喚醒觀眾對某時刻的記憶，藉以檢視觀眾在看電影的過程中，如何回溯到前面出現過的細節。羅勃-格萊葉與雷奈便創作了這樣一件作品，這件作品通常在每個時刻以縮影的方式反映電影的主題。這樣的主題可以約略分為三種，儘管這種分類有欠周詳：「三個人對同一事件完全不同的回憶」。正是這個主題發展的統一性，使我們可以尾隨這麼多條路線，而這些相互交織的路線最後把每個鏡頭與其他鏡頭聯繫起來，如此便強化了由剪接所構成的運動路線。可是遺憾的是，《去年在馬倫巴》的分鏡與剪接並沒有進一步營造這種相互交織的關係網絡，這個網絡主要是來自那逐漸鋪陳開展的劇情，也來自影像的實際**內容**。也許攝影機僅想環繞著事件穿梭共舞而已，因而未能製造出動作的參與和未參與之間所形成的真正**辯證**關係，這種情形就像《愛情編年史》那樣。如果從這點來看，《去年在馬倫巴》似乎沒有《一個簡單的故事》那樣的成功。只有在某些段落裏，臥房內

不斷變化的角度與室外陽台上的場景中很緊湊清楚地表現出來。不過，《去年在馬倫巴》在電影史上所代表的重大進步，從這案例來看似乎不是那麼特別重要，而就重新組合電影題材的角度來看的話，更是如此。

此外，羅勃-格萊葉第一次執導的《不凋的花朵》也出現相同的情況，雖然在上映的時候，很不幸的，我（以及許多其他的朋友）低估了其重要性，因為那時我過於草率地將它與《去年在馬倫巴》那種豐富的視覺表現相提並論。如果從素材與肌理的面向來看，范農在那時以一個嶄新的統一體所做的嘗試，聲軌是唯一真正具有功能性的元素；然而，我就此便對這部影片失望，那無疑是一大錯誤，因為我們怎麼能期待一位毫無經驗的電影工作者去創造出一部完全統一的作品來呢？其實就是具有豐富經驗的創作者也無法完全做到這點。但是，現在從狄呂克對分鏡所持的立場來了解《不凋的花朵》，我們會覺得他是成功的，那一連串的事件、場景，甚至單一鏡頭都是意義的「來源」與單位。《不凋的花朵》這樣一個「安排」——我們大概不會用這個詞彙來代替「題材」，但這個字更可以釐清羅勃-格萊葉運用的方式——由逐漸逼向真實的解體所組成，並通過一系列越來越趨向偶然巧合的謎團來完成。這個過程存在於此部影片的每個層面上，存在於個別的鏡頭之中，也存在於每個場景裏。當影片開始展映之際，越來越多的段落，甚至是鏡頭，出現了一個行進的過程，就是表面所固有的真實逐漸地被揭露開來，而當英雄面對一連串的巧合與矛盾之際，可以看到相當人工化地把這種進程停住凍結起來，這完全反映了從千篇一律的有意創造到一種「令人難以接受」的人工化過程，如同洛夫克

拉伏特（H. P. Lovecraft）的小說，由一連串超自然的巧合所發展出來的情節那樣。確實，像這種「不可能」的神祕事件闖入日常生活中的手法，是出自這部幻想小說。在這裏最重要的是，羅勃-格萊葉旣把它當成敍事形式的原則，又把它做爲構成造型的原則，所以總的來說，這無疑是把電影看成是統一性的整體，向前邁出的另一大步。

一般都會同意《去年在馬倫巴》與《不凋的花朵》的題材是「曖昧不明」的，但我們對這個語彙所持的含糊看法相當值得討論。僅有在一個人堅信銀幕上所發生的事情僅有一個可以解釋任何事情的基本眞理存在，那麼《去年在馬倫巴》的主題就是曖昧不明的。也就是說，只有在一個人相信每部電影都有一個用來解決各種矛盾的關鍵點，讓我們相信甲君的話而不是乙君的，可以判斷哪個鏡頭是虛構的，哪個鏡頭是現實的。而《去年在馬倫巴》的創作者卻一再地表示，在這部片子裏並沒有這種關鍵點。言語性或視覺性的衝突便是本片的精髓所在，其實他們並沒有把主題隱藏起來，而是從主題中導引出來，並提供了一個範例，藉以說明這個主題是整部影片發展的關鍵因素。就某些方面來說，《去年在馬倫巴》與《不凋的花朵》都是「天眞爛漫」的影片，沒有隱藏任何東西，影片中也不存在其他不能立即被感知到的東西，當然更沒有只存在創作者腦海中的東西。他們無須去詮釋影片，只要單純地觀賞就可以了。從任何意義來看，這些影片都必須以無私的態度來看待。如果我們在這謎團中迷失了，那就好好地體驗這樣的樂趣，它的構成便是在誘騙我們的心思與眼睛，而當我們想進一步去尋覓隱藏在其「背後」的意義時，其實已經破壞了這樣的樂趣。

當然，被隱藏的意義總是可以被找到的，如果觀眾眞的想這樣做

的話，他可以在裏面找到成千上萬隱含在其中的意義。但是山耐特與費雅德在很早就向我們說明了，偉大的電影可以是一種純粹的即時經驗，也許乍聽之下彼此自相矛盾，然而，像《去年在馬倫巴》與《不凋的花朵》便是延續這種傳統的偉大電影。這只是簡單地用另一種方式來說，在大部分未完全界定出來的主題中，僅只是動作的骨架，甚至這種動作是屬於純粹思維性質的。

因為某個原因或某些原因，電影可以被描述成一種具有相當顯著的曖昧性存在，也就是說，這類的影片明顯存在著或多或少隱藏性的題材。談到這裏，我們不禁想問，這類題材的功能是什麼，如何「解讀」這類影片。

如果要將這種朦朧式的影片列出一個詳盡的清單，以便立即辨別它是何種類型，似乎沒有這個必要。一方面，有些影片利用「跨越」的方式，也就是利用其他偽裝的方式將其包裝之後，將這個簡單的主題隱藏起來，有時它具有拜占廷式的精緻輪廓，有時可能會有或多或少不連貫的外形，使我們可以從某些片段中一窺原始的主題。通常有些電影工作者會採用這種技巧，以便免除那些與他們天賦不相稱的工作，有些外表華麗但卻相當難懂的美國電影，像阿德力區的《死吻》（Kiss Me Deadly）便是如此。但是，截至目前為止，高達從這個原則中獲得許多有用的效果，特別是在《狂人彼埃洛》中，也是從一個古典的偵探故事開始的，然後其發展是以相當自由的方式把問題掩蓋起來。如果僅靠那時所提供故意使真相模糊的「說明」的話，那麼《狂人彼埃洛》中所發生的許多事情，將會變得更加無法理解。文學劇作家也許會堅持，在《狂人彼埃洛》中，說穿了瑪麗安與費迪南之間的

愛情才是影片的真正主題，或者是類似「現代情愛精神的崇高與淒美」這樣的主題而已。但是，就像我前面曾經說過的，題材是一部電影最初也是最重要的論述來源，是一種推動力，是孕育形式的種子；而那則故事便是高達影片的起點，這個故事、這種情節，提供影片所有需要的東西。情愛或生活上的哲學，它們本身只是題材，而對電影工作者而言，**主題**（theme）與**題材**（subject）是兩種截然不同的東西。

高達需要「狂人彼埃洛」的題材來豐富其電影的**形式**，在他構築這件作品時，題材實際上在劇情的發展過程中銷聲匿跡了。大家注意一下，我用的是「實際上」這個詞彙。當然原來的劇情路線也有可能完全消失，據說從根據莫泊桑所遭遇的故事改編而成的《男性-女性》（Masculin-feminin）就是這樣。《狂人彼埃洛》情況也是如此，故事最後被稀釋到僅剩下一位內心高尚而純潔男人，緬懷過往的歲月，以及那個女人最後把他引領到死亡之路。但是，以這種方式來稀釋一部影片的結構，其實連影片的基礎也被犧牲掉了。高達對題材原始的看法與觀眾的看法是相當不同的，可是他堅持要戳破題材來喚醒觀眾，因為他對題材的了解比觀眾更為透徹，並且故意將其隱藏起來。當然，就溝通的角度來看，這同樣是在強調其故事的普遍關係，但更重要的是，這種敘事方法在主題與論述之間創造了一種辯證的張力，片段的主體忽隱忽現，其所根據的即是節奏，而這種節奏對本片結構的不連續性相當重要。高達在《美國製》（Made in U. S. A.）中，將這個原則更往前推進一步，但是由於該片那種漫不經心的製作方式，也許更重要的是放映長度的問題❸，其所展現的辯證關係並沒有比《狂人彼埃洛》來得更新穎動人。

讀者會注意到，我在討論《狂人彼埃洛》時，使用「不連續性」（discontinuity）這個術語。這部影片以及《賴活》（1962）、《一個已婚婦人》（1964），實際上，這些是高達自己在擺脫電影傳統敘事形式中艱苦奮鬥過程中的一部分，而十九世紀的小說情節其統一與連貫性的發展，是傳統敘事的根源。高達的努力所代表的是，以一些不相干元素的「拼貼」，以及基調、風格與素材的不連續性為基礎，開創了一個嶄新的敘事形式。雖然，我在討論素材的辯證關係時，曾經提到**不連續性**，但是，如今我們必須從電影題材的角度來討論它。《狂人彼埃洛》的選擇題材，或更精確地說，就是決定哪些題材將會產生功能，也就是高達念茲在茲所要創造的嶄新的敘事形式，亦即是，使**不連續性**的隱藏**結構**成為影片的重心，如此電影的主題才能發揮作用。尋求給予形式不連續性的方法，這是高達所有作品的一貫精神，正好與羅勃-格萊葉所處理的方式背道而馳，羅勃-格萊葉在他前三部作品中，試圖創造具有顯著的統一性，甚至是連貫性（雖然在這個過程裏，他把以前從小說創作中慣用的手法，如一致的性格塑造、統一的風格和敘事發

---

❸《美國製》之所以令我震驚（至少在 1967 年曾讓我震驚不已），是由於為了迎合發行的要求，不得不將影片灌水加長時間所出現一個非常顯著的案例。但是，因為電影越來越意識到影片結構持續時間和影片整體結構的關係，以及觀眾需要對時間有一個全新的概念，所以人們將會愈來愈清楚感覺到，多年來傳統九十分鐘的放映時間，雖然非常適合像小說濃縮版的商業電影的映演，但這種標準將無法完全滿足我們的需求。哈農最優異的三部影片的時間都是一個小時的長度，也正因為他不想在這方面妥協，所以使他的影片鮮為人知（如在 1967 年的影片，以及最近的作品《春天》Le Printemps, 1971，放映時間為 80 分鐘，而 1968 年的《冬天》L'Hiver 刻意延長到 80 分鐘，更加證明了我的假設）。如果發行的組織結構更為合理的話，那麼我相信，製作短片的趨勢將會愈來愈普遍。當然，還有另外一種截然不同的趨勢，就是拍攝時間較長的影片（例如，《契爾西女孩》和其他地下電影），但是這種對影片的持續時間與真實的持續時間進行嘗試的優劣良窳，只有等待未來加以證明了。

展的連貫性，最後展現出一個完整的結構，進行重新的處理）。他所追求的是一個可以涵蓋一切，並且統一的類型，想要把影片中的每個元素（不管是敘事的，還是造型的）都融入在像某些類似「抒情」歌劇作品，如《貝里雅斯與梅禮桑德》（Pelléas et Mélisande）或《沃賽克》那樣甜蜜、象徵性的關係之中。雖然，這兩種手法看來似乎完全不同，但在當代電影中，它們算是最富有創意性的作品之一。

在《狂人彼埃洛》中那種蘊含「直接」卻又「隱晦」的主題，和《去年在馬倫巴》、《不凋的花朵》這兩部片子在外表上隱晦，骨子裏卻「不理性」，這種題材之間還可以分離出另外一種隱藏性的題材類型，無論在本質上和功能上，它與《狂人彼埃洛》、《美國製》完全不同。這第三個類型所牽涉到的層面，我們可以稱爲「暗示心理學」（psychology of intimation）。決定隱藏人物的行爲不是其外顯行爲或外在事件的特質，而是它們潛藏在內心深處的動機，以及它們身處於光怪陸離世界的基本原則，也就是布蘭查特（Maurice Blanchot）所說的：「一切神祕事物的核心」❹。在電影發展之初，基於新式語言的需求亟欲更多的電影題材之際，布蘭查特的文章與小說正好給當代電影工作者上了寶貴的一課。而如果眞把布蘭查特的敘事搬上銀幕，那將會是非常荒謬的。布蘭查特的題材僅有在**文學**的這個領域中才能發揮作

❹參閱他爲巴伊-卡沙爾斯（Adolfo Bioy-Casares）的《莫來的朋友們》（El Invencion de Morel）其法文版的前言，布蘭查特是法國一位重要的小說家兼評論家，他的作品只有在法國境內爲人所知。其虛構性的書寫是從卡夫卡（Kafka）的「絕對隱喻」發展而來的，如果檢視他的第一部小說，將會發現他與這樣的文脈關係極爲密切，沙特（Sartre）的文章〈阿米那達是否可視爲一種幻想式的語言作品〉（Aminadab ou du Fantastique consideré comme un language, 原載於 Situations, vol. I, New York: French and European Publications, 1969），其中對該部小說進行過研究分析。

用。但是，能夠做到類比性功能的其他題材，在**電影**這個特定的領域中，毫無疑問的，只有可以扮演比較性的角色。

　　如何精確地界定這些題材呢？在文學的語境中，和此處我們所做的相比，布蘭查特已經以更為複雜、暗示性的態度來界定題材了❺，但是，如果要使這個定義在電影中發生作用，似乎是不可能的，而如果以我們的方法將其簡化，也許這樣的定義會有所用處。一般而言，這種隱藏性的題材雖然仍然無法一眼看透，像評論家埋首於《去年在馬倫巴》那如迷宮的影像裏，摸索其中的奧妙，但只要經過詮釋的過程，經過「仔細的解讀」，最後還是可以理解的。它異於羅勃-格萊葉影片的地方，在於有一個「實際存在」的題材做為這部影片的基礎，他通常是運用隱喻的手法將其表現出來，但是卻具有相當個人化的特質，然而相當有可能的是，對此負責的人除了運用絕對的隱喻來表現他們自己之外，不能也不會再利用其他方式，而這些隱喻不能獨立於意義之外，並簡單地參考到一個完全的內在世界，如此才能超越所謂理解的範圍。如果完成的影片必須要經過詮釋，那麼就會像羅勃-格萊葉的電影或小說那樣，任何的詮釋都成為多餘的贅言。也許所謂的「一切神祕事物的核心」真的存在於創作者的心中，但它並不是去理解一部作品的方法，如果你真的用這種方法看待它，我保證你會更糊塗❻。

電影理論與實踐

一九四

❺參見 *L'Espace littéraire* (Paris: Gallimard, 1955)。

❻蘇珊·宋妲在《反詮釋》（*Against Interpretation*）中曾說道：「在現代大多數的案例中，詮釋學其市儈的原因是由於它老是與藝術作品糾纏不清，真正的藝術作品即具有使我們緊張的能量。將藝術作品化約到內容的層面，然後再對內容進行詮釋，如此便能駕馭了藝術作品，如此運用詮釋的手段，使得藝術更可以控制，更加循規蹈矩。」參見 *Against Interpretation* (New York: Farrar, Strauss and Giroux, 1966)。

基於某些明顯的原因，迄今少數影片採用布蘭查特那種特定形式的題材。但是，在解決題材的問題上，有部影片的表現相當傑出。它處理這個問題的方式，對我個人而言，比我前面所提到的其他方式更個人化，因為它將原來所固有的可能性發展到更臻於成熟的地步，實際上它已是《去年在馬倫巴》與《狂人彼埃洛》兩者表現手法所整合而成的結晶體，同時兼具有兩部片子的優點。那就是柏格曼的《假面》，他每部作品都更上一層樓，而這部影片大概是他到目前為止最優異的一部。

　　通常在詮釋這部電影的「情節」時，都認為它是以性格多重性為焦點，但是，即使這樣的解讀是正確的話，甚至柏格曼或許也是做如是想，然而，這正是想要真正地理解這部影片的障礙。必須承認的是，它也許解釋了本片許多神祕事件的大部分原因（雖然不是全部），因為這部作品著實令人費解。但是同時，這樣的解釋也掩飾了那將整個事件串連起來並為影片提供了一個複雜而矛盾、彼此互有關聯的形上結構。不管本片的「神祕核心」是什麼（儘管是許多人提到這個核心是性格轉換中心），柏格曼是運用它將影像與事件創造成一個美感上與語意上的一致性，這些影像與事件具有許多潛在的意涵，一方面這是來自它們本身的曖昧性本質，另一方面，則是來自柏格曼，也只有柏格曼自己才能掌握這部影片的關鍵，這個關鍵恰如其分地埋伏在影片的開場。當然，在各個段落中，我們會看到可以進一步詮釋的伏筆。許多評論家便怦然心動，很容易地從佛洛伊德（Sigmund Freud）的角度來闡釋那段驚人的破鏡並帶有性攻擊的時刻。然而，這種分析能使我們更接近那個段落有形外顯的真實嗎？很顯然的，最好是隨著這個

段落的發展去仔細地**體驗**它，在永無休止的等待中，去感覺越來越激烈的憂慮感，它的影響是如此的強而有力：這場戲開場時是一個較寬廣的鏡頭，我們看到比較多的東西，所以看來並不顯得緊張，它延續的時間越長，角色的演出就越來顯得怪異。而可以確認的是，最好的方式是直接去**體驗**最後所爆發的那陣割破的痛楚，重點並非那道傷口，兩個人物也不在意它的存在，但是由於那場戲的造型以及在劇情發展中所佔的位置，它像身體被分屍那樣造成極為劇烈的震撼。我們曾經說過，那個患病的女子從電視上看到越戰的景象，而從中去尋求政治上的解釋是荒謬的，可是那些恐怖的景象以及那位女子看到這種景象之後出現的痛苦，必定是**活生生**地存在著。對這種情形進行詮釋等於是將這些東西視而不見。有些讀者也許會不同意，他們認為柏格曼的作品顯然需要進一步加以闡釋的。拉武・華許（Raoul Walsh）與約翰・福特（John Ford）崇拜者或許知道，這兩位導演拍攝的影片只是為了讓我們去看去聽，不是為了進行詮釋的（但是，這些崇拜者卻不斷地對這些影片進行詮釋的工作），那又為何不讓柏格曼享有如華許、福特那樣的理想呢？也就是影片的創作僅僅是為了直接去**體驗**感受呢？

當柏格曼突然引入某些扞格不入的「動作」因素時，其處理影片的原則似乎已經相當明顯了。實際上，這只不過是艾森斯坦「親密吸引力」的概念，較為令人滿意的延伸而已，我們可以看到這位蘇俄電影大師的作品中，這種技巧經常是以一種幼稚的隱喻性呈現出來（當他作品更臻於成熟之後，便完全揚棄了）。這個技巧更為繁複的案例則出現在《總路線》中，利用湧出的泉水來象徵農民獲得了新型牛奶攪

拌機歡愉的心情，如此結合攪拌機噴出的牛奶與噴泉湧出的水一起創造出視覺上隱喻性的意義。在柏格曼的例子中，隱喻性的影像更具功能性地整合於作品之中。不僅更爲抽象（因爲影片中這些隱喻並沒有和什麼東西特別有關的），而且更加地具體（因爲插入的東西都是觀眾實際看得到的物品，像底片、銀幕和煤氣燈）；除此之外，不僅直接呈現了底片跑出了片門的情景，燒毀的畫面或一條斷裂的底片，都相當具體地讓我們感覺到它的存在，但同時柏格曼在這種流程當中，運用極爲快速以及幾乎看不見痕跡的剪接風格，使我們將這些素材直接當做影片眞正進行中的過程，而不會像「正常」時候我們所看到的那樣，如此使我們有時間（或空間）迷失在這種情況之中，而忘了我們所看到僅是光影與一串底片而已。也許會意識到我們正在觀**賞電影**，也許完全或部分喪失了這樣的意識，而我們就在這樣的意識裏來回地擺盪著，這個事實和角色與素材之間的辯證關係具有相當密切的關聯，也就是我們在前面曾經提到布萊希特（Bertolt Brecht）的「疏離效果」。在這方面，柏格曼似乎已經成功地獲得了另一種綜合效果，結合這裏所討論過的趨勢，這種趨勢，這是一種朝著更爲有機綜合體發展的趨勢，是利用彼此的交織互動與越來越複雜的曖昧性所獲致的效果；另一種趨勢是藉著不連續性與分離的元素爲基礎所發展出來的結構，這種在連續性與不連續性之間辯證的相互作用，便是構成《假面》其基本節奏非常重要的成分。

關於現代電影題材詳細的綱要以及它對劇情片可能發生的作用，很顯然的，在此處我並沒有討論到。此外，還有一些「非題材性」的影片（如《契爾西女孩》）提出了完全不同的規則問題。然而，我覺得

至少自己已經完成了部分的任務，也就是確認了我和其他電影工作者必須面對的任務。一部電影的題材再也不能完全依賴那偶然的文學熱情，當然，也不是退而求其次，僅需要付出對日常生活的關懷就夠了，或是我們自以為一些觀眾所感興趣的題材，或甚至自己的偏愛。我們要不斷地創造出更為新穎的電影語言，那就讓我們去尋覓這種新語言所需要的題材吧！此外，這種新式語言其實已經創造出一種嶄新的題材類型，我將他稱為「非虛構」的類型（主要是為了與古典的紀錄片有所區別），其功能與我所謂「虛構」的題材類型迥然有別。本書最後一章，將要討論這種新形式的題材。

# 第十章

# 非虛構性的題材

在電影發展之初，除了那些認為電影在於娛樂公眾、牟取利益的先驅者之外，還有另外一些人將電影視為提供廣大群眾訊息（或者甚至是用來做宣傳）與教育（甚至是傳教）的手段。在電影發展史前時期的馬黑（Etienne-Jules Marey）與電影發展初始時期的盧米埃，他們對攝影機秉持的信念是，人類終於找到了可以捕捉與記錄「真實世界」的工具，而這便是它的基本功能，也是它的神聖使命。他們對電影功能採取的觀點，是促進科學的進步，這也是二十世紀初的偉大理想：電影即將改變人類對世界的感知。

當聲音問世之初，正值紀錄片的鼎盛時期，而他們的理想便是闡揚「真實」，此時，有位英國電影工作者兼理論家葛里遜（John Grierson）企圖以具體的電影影像，從寫實主義的觀點建立電影倫理學的範疇，因為在他的思維裏，僅有這種影像才是最重要的。在他的觀點中，電影必須**涉入事件**之中（二十年後這個術語才風行開來）：「紀錄的概念最終其所需要的，不再只是將我們時代遭遇到的事件展現在銀幕上而已，應當是能激發想像力的任何形式，而所被觀察到細節也盡可能地豐富。在某個層次上，這種觀點是相當新聞學的特質；而在另一個

層次上，它也許可以被昇華爲一種詩歌與戲劇。然而在這個層次上，它的美學特質存在於其所揭開的透明性上。」❶這種理念導致他對任何從攝影棚製作出來的東西不屑一顧，並且宣稱，一部電影中的導演其實已經死了，因爲他淪爲攝影師。

這種偏見持續了一段時間，並爲大多數有野心的電影工作者共享，因此間接且深邃地以兩種方式影響英國電影的發展。一方面，使一大批有才幹的導演（特別是英國與美國的導演，也涵蓋義大利與法國的某些導演），對社會懷抱著相當深刻的責任感（一般認爲電影工作者在這方面所背負的責任，要比其他藝術家要來得重大，只因爲它是一種通俗藝術，具有相當的寫實特質），如此經常扭曲了導演在創作電影時所採用的手法的本質，並削弱一部電影應有的氣勢。另一方面，就像上述引言所說的，葛里遜倡導的非劇情片美學，先決條件是具有某些層次上的不同，就是一部影片的訊息及其所散發的詩意之間是有差異性存在的，如果套用葛里遜的術語，從這種觀點去檢視老式紀錄片學派，他們的確擁有這種特徵，然而他們製作的影片值得大書特書的，卻少之又少，像《艾阮島的人》（Man of Aran, 1934）、《煤臉》（Coal Face, 1935），在他製作的數以百計的影片中，都像《路易斯安那州的故事》（Louisiana Story）那樣的感傷與乏味，或者像葛里遜自己在大英郵政總局（GPO）電影組所執導的影片，顯得那樣的黯淡無光與乏善可陳。

如此便將我們帶入主題的核心，我們也許會問，爲何郵政總局的

---

❶ *Grierson on Documentary* (New York: Praeger Publishers, 1972).

影片在當代觀眾的心中卻那樣死氣沉沉，那樣的虛偽，那樣的造作。這是由於近十年來，非劇情片在觀念上發生了劇烈的變化（這種情況也對劇情片的發展產生某方面的變化），追根究底，在影片的內容與形式之間的區別，葛里遜與奧登-拉哈等人的觀點並沒有多大的差別，正如魯特曼根據這樣的層次所採行的方法，和馮‧史登堡的方法是如出一轍的。在每種情況下，這與主題以及其處理的方法是否給予任何的優先順位或層次，或一刀兩斷的二分法無關，更精確一點來說，這樣將會妨礙形式與內容的融合，然而，葛里遜相信他的文章與影片就是為了化解這種融合。可是在那個時候，實際上卻只有為數極少的劇情片能做到這樣的標準，像《藍天使》、《M》、《吸血鬼》等影片。

我已經試著提出，在當代劇情片中是如何進行這樣的整合，其複雜的程度遠非葛里遜，甚至是艾森斯坦所能想像的。這種複雜性是有它特定的來源：形式與內容的概念已經不再具有任何意義，今天正大量充斥著有機性的組合，這個觀點也是本書極力經營的基礎；電影工作者越來越相信，每個層面上的任何東西都可以發揮作用，堅信形式即內容，而內容也可以創造形式。當代非劇情片的題材，其實與老式紀錄片的題材沒有多大的差異。但是，箇中的變化是，這些題材在電影論述中所發揮的**功能**，近來電影的發展，在各種不同的素材之間，以及在攝影機所扮演的不同角色之間，其間的辯證互動關係已經越來越多樣化了，這都是由於技術改良（輕便型攝影機與攝錄影機）以及電影詞彙不斷延伸擴充所造成的（例如，現在似乎允許「跳切」或攝影機角度與場景變化不當的切換，以及那些所謂「不好」的鏡頭切換）。

我們已經看到了虛構性題材所扮演的角色，現在我們可以檢視非

虛構性的題材的角色，至少這兩類題材是當今最殷切的需求：**電影小品**（film essay）與**儀式性電影**（ritual film）。當然，這兩種題材可以採取各種不同的形式來運用，並且可以在同一部影片中彼此共存，如此也彰顯了一個事實，像我們這樣的區別似乎過於簡化與隨性。可是我們仍然希望它能有所用處。

對於當代觀察者而言，小品式的電影第一個重要的範例就是法蘭茹的短片。因此，就讓我們來研究《獸血》，以及更爲重要的《殘廢軍人院》（Hôtel des Invalides），我們將可以看出它是如何不同於數以百計同類題材的電影。必須強調一下，法蘭茹僅在**外觀**上相似於以往的紀錄片。在老式紀錄片工作者眼中的「題材」，如果與虛構性題材相形之下，顯得較爲消極被動，而法蘭茹卻把它當做**主題**，而他的題材本身卻是從這個主題中發展出來，進而加以詮釋的，所以顯得比較積極主動。

老式紀錄片學派的目的是以絕對客觀的態度來面對他們所拍攝的世界，他們極力將其所拍攝到的化爲既清晰又綺麗的東西，這種對現實本身的複製，訴諸於我們的視聽知覺是無懈可擊的，這也是它唯一傲人之處。《獸血》，尤其是《殘廢軍人院》不再是具有客觀意義的紀錄片，其整體的意義是通過影片的肌理提出命題與反命題。法蘭茹這兩部影片可以說是**沉思錄**（meditations），以及充滿**概念衝突**的主題。而更重要的是，這些結構推動了結構的發展❷，這正是這兩部影片擁

電影理論與實踐

二〇二

---

❷毫無疑問的，維多夫的《持攝影機的人》與瑞芬斯坦的《意志的勝利》（Triumph of the Will）企圖要證明什麼、解釋什麼，因此，算是舊派紀錄片兩位最偉大的名家。

有如此絕對的原創性之所在，他使非劇情片朝向一個嶄新的方向，現在，我們就來檢視一下他們的題材是如何產生功能的。

《殘廢軍人院》壯麗的影像是以細緻卻曖昧爲基礎，可以被理解成爲對戰爭的攻訐，或（即使這個層面不是那麼的複雜，但對不少人來說，仍然充滿說服力與「自然性」）是揮舞旗幟的愛國影片（我們必須記住，這是法國陸軍部委託拍攝與發行的）。首先，一個搖攝鏡頭呈現出一個胸前掛滿勳章的退伍軍人，接著是那張可怕受損的臉龐，顯然這個搖攝蘊含著曖昧性、一體兩面的外觀，就好像在演唱國歌歌詞之際，同時呈現血腥軍事屠殺的繪畫那樣，而片尾那個鏡頭具有更曖昧的意涵在其中，我們看到退伍軍人的孩童們，在滂沱暴雨的天空下，歡愉地向遠處走去。

從歷史的角度觀之，《殘廢軍人院》乃代表著在紀錄片的發展中，第一次應用了以往僅用在劇情片的處理手法。然而，他並未將這種紀錄片變成虛構的敘事，反倒是佛萊赫堤（Robert Flaherty）的影片常常犯這種毛病。在法蘭茹的影片中，那對造訪的年輕人只能算是提供影片連貫性的機械設計而已，跟影片的其他部分一樣曖昧，至於在《路易斯安那州的故事》中，那位瀟灑的年輕人則是一個不折不扣的虛構角色。

其實，《殘廢軍人院》依舊保有傳統劇情片與紀錄片相關的特質：素材的統一❸、基調與風格的統一，以及維持時間與空間的連續性。然而，《獸血》已經開始出現了不連貫的形式，因爲他突破了基調與素

---

❸雖然法蘭茹是運用新聞影片的方式來表現，卻相當新鮮有趣。

材的統一。法蘭茹在接下來拍攝的兩部影片中，更將這種不連續性探究得更加徹底。這兩部影片（是繼《獸血》之後最好的兩部影片）分別是《偉大的梅里葉》(Le Grand Méliès) 與《居禮先生與夫人》(Monsieur et Madame Curie)，是對這些人的生活進行一種傳記式的省思。這兩部影片都使用了當時幾乎史無前例的手法，交替運用了演員表演的場面(他們生活的回憶或重新再創造)和紀錄片的某些畫面。這部影片的真實性是由實際對象的「靜態生活」，以及從梅里葉生活文獻資料所提供的，並透過一些既令人驚喜而又符合邏輯的設計，進而搬上銀幕：如由梅里葉的兒子來扮演梅里葉。這種「歷史」的再現達到了最大的張力，將「真實」與人為的工作合成一體，而在最後幾個鏡頭中，當梅里葉的遺孀以扮演自己的姿態出現時，這種辯證關係便得以「昇華」❹。當然，過去許多「半虛構」影片（如狄特爾 William Dieterle 的自傳）以及往後一些牽涉到回憶形式的紀錄片❺（例如像雷奈的《梵谷》Van Gogh）都是以相同的題材為基礎。但是，因為這些題材是出現在這樣的語境中，僅是以最呆板的構聯層次❻來駕馭此種辯證關係（如我嘗試要去界定的），結果，無論結構是如何複雜，依然沒有超脫某人一生光榮歲月的純線性描述，仍舊因循著一部文學性的傳記或死訊的線索逐漸組織起來的。

---

❹我們也許會知曉，郵政總局電影組就是這樣來拍攝夜車上的郵差與北海的水手，但在這個案例裏，法蘭茹根據了其在結構中的特殊位置來加以辯證性地應用，展現了這個手法的價值。而在郵政總局電影組的影片中堅持使用單一處理手法造成了影片過於線性與沉悶的局面，至少對觀眾來說是如此。

❺雖然維多夫的《列寧三歌曲》(Three Songs for Lenin, 1934) 在某些程度上已經先法蘭茹而存在了。

❻這裏所指的是任何鏡頭變換都涉及連續性與不連續性的原則。

不足爲奇的是，像法蘭茹這種地位的藝術家，不可能長期局限於短片的創作而不擔憂將會導致其創作的無能。然而，遺憾的是，其在非劇情片中展現的魅力，並沒有在他的劇情片中呈現出來。儘管法蘭茹做爲一位紀錄片工作者已經有許多仿效者出現，但他的短片仍是最獨特的。根據我的看法，他是唯一一位成功地運用既有的素材創造眞正的電影小品、並對非虛構性題材進行全面性思考的電影工作者。

然而，義大利曾經就劇情片進行過相當新奇的探索，其中也牽涉到預先構思素材的問題（從反面來說，就是即興性質的），像羅西（Francesco Rosi）的《朱里安諾》（Salvatore Giuliano）。毫無疑問的，這部影片的重點不是在它反映了什麼，而是它的新聞性，如果對應於法蘭茹沉思錄式的詩學小品，感覺更像「人物特寫」。以這種含有大量暗示性的題材爲基礎，揭示了當今義大利整體社會與政治情勢的基本問題。羅西在他的事業生涯中此時似乎充塞著靈感，而造就了這樣一部影片來，這部影片正是從題材的複雜特質中衍生而來的。如果允許我使用某些牽強的直接比喩的話，那麼這部影片就像一場颱風：聲音與憤怒的片段閃過，有時並不按編年體例的方式來排列，所以必須仔細觀看才能看得懂❼，並在某些層次上總是會出現相互矛盾的狀況，這些片段似乎圍繞著平靜而眞空的颱風眼打轉，而朱里安諾這個名字除了是一具屍體之外，從未在銀幕上出現過。如此，這個隱喩使影片的重心從題材的層次轉向形式的層次，而能維持其完整性，而且在這兩種層次中都能充分地發揮作用，這部影片算是一個典範。有時，主

<hr>

❼雖然不一定是如此，但這部影片對義大利觀眾來說應當就不會那樣的模糊了。

角不斷地逼近，造成了令人喘不過氣來的懸疑氣氛，例如朱里安諾是遠在一座房子之內，或者近在門後；有時這種懸疑的氣氛根本就不存在，此時發生的事件便與朱里安諾這個人沒有任何的關係了。這種利用遠近運動即構成了影片緊張與輕鬆的主要元素，同時如此便可以從以前對重構歷史的嘗試中區別開來。但是，眞正的差異可能在於：羅西選擇一個政治與當代的題材，然後利用比以往更爲審愼客觀的態度來處理它，並賦予這個題材產製形式的能力。以這種方式處理這類題材是有其根本上的利益，雖然該部影片的結構肌理相當具學院派的氣息，然而，其統一性地整合了素材（新攝影機角色的介入僅是次要的，像朱里安諾的母親在扮演自己時），而敘事的發展是相當線性的，這些障礙到今天已經很容易避掉。我們不要忘了，這部《朱里安諾》是很久以前的電影，一九六一年拍的。

高達以《賴活》爲開端，將這些嘗試進一步發展下去。爲了超越一個電影題材其正常既定的功能，他運用了兩種手法，時而交替進行，時而同步發展：他有時採用我曾經提到的方法去隱藏題材的存在，有時採用非虛構性的題材，他揉合了這些題材，表達了一系列他自己對現實的省思。高達通常是一個小品文的名家，或更精確一點來說，是位政論家，儘管他處理的是絕對原創性的題材，因爲只有在電影製片的語境中我們才能認淸其中的原由。其影片中要表白的思想往往是似是而非的，因爲思想本身並不重要，重要的是思想如何呈現在我們的眼前；因爲這個知性奇觀的元素是無可替代的，而不是思想本身。這也許可以把他稱爲「概念性的電影」，但他的處理手法也是，並且主要是其美學態度，正如沙特（Jean-Paul Sartre）評論波特萊爾（Charles

Pierre Baudelaire）的文章也是件藝術作品一樣，不管人們對他要表達的思想持有何種態度，也不管沙特自己是如何去區分藝術與文學。

這種致力於創新的最初成果其實並非那麼鮮活有趣，另外，儘管《賴活》在虛構與非虛構的辯證關係獲得了空前的成功，但像《男性-女性》以及相當令人感興趣的《我所知道關於她的二、三事》，還有《中國女人》這些影片並不是那樣的成功❽。它們之所以沒有成功的原因，相當有可能是因為它們越來越趨向實驗性。不過它們所走的這條路，是以前許多的導演夢寐以求的，像費德爾（Jacques Feyder）希望能將蒙田（Michel de Montaigne）的散文搬上銀幕，而艾森斯坦也想把馬克思（Karl Marx）的《資本論》（Capital）拍成電影：一種純粹省思式的電影，其中題材成為知性結構的基礎，而這種知性結構卻又回過頭來迸發出一個整體的形式，或者甚至成為一部影片的肌理，同時又不扭曲或失去其本性。

正如曾經指出的，在這個方向上，高達比其他電影工作者走得更遠些❾。然而，有個領域裏的人早已超越他的成就，就是那些沒沒無聞的電視導演。下面所舉的例子，並不是因為它們特別優異，而是因為它們是最近的作品，同時也是相當典型的例子。其中第一部是拉儒納（Jean-Pierre Lajournade）的《布魯諾》（Bruno）。在審視這個題材之前，他為了這個怪異的節目相互參考了社會學與政治學的觀點，以及一些與存在主義接近的觀點。拉儒納便是以這種相當具凝聚力的變

---

❽今天我確定不會以這些詞彙為這種觀點來辯護。

❾胡許以民族誌和社會學觀點製作出來的影片顯然是一種反思，但我已經談過他的作品了，並且覺得研究其影片中題材發揮的功能，對本章並沒有任何實質上的貢獻。

化性結構為基礎，有時傾向於真實電影的風格（例如，當那些演員接受真的導演探訪之際，似乎就不再是表演了）；有時傾向於明顯的卻偶爾有些笨拙的風格化手法（例如一位年輕的男子，可能是單身，或者有一位女學生陪著他，兩人一起攜手度過他放棄研究或者失業的挫折）。有時，從一種風格轉換到另一種風格，採取了突然省略的方式；有時，這種轉換幾乎感覺不到，例如主角與那位高傲的小姐邂逅之際，以相當熱鬧的方式混合了風格化與即興表演（整部影片中，我們通常很難確認攝影機與主角之間的關係）。

　　處理這類題材另外一種可能的方式是由胡內貝（Danielle Hunebelle）❿與克里爾（Jacques Krier）的電視系列節目《社會的遊戲》（Jeux de société）中呈現出來。實際上，我們對這個電視節目的結構型態感興趣的原因，並非在於將社會問題戲劇化及利用一些業餘演員來表演。雖然，這個節目的某些段落中，敘事主要由表演的場面來鋪陳，但巧妙地交叉剪接那些探訪與問題有關人士的段落，同時還附上評論。而在那名之為「一位可敬的人物之死」（La Mort d'un honnête homme）的段落中，流程則完全相反。此處，戲劇性的敘事僅是以零碎和隱喻的形式呈現在表演的場面中，但是接受探訪的人卻長篇大論，這系列節目中，攝影機和演員之間關係特徵的變化，最後成為極易感知到的結構性角色，如此從中導引出的最終結構竟是一些陳腔濫調——報業的責任感。這樣虛假的問題也可以為反思影片提供題材，並可以在美學上獲取較為可靠的作品。

---

❿胡內貝曾製作過美國的電視節目《Blacks for Neighbors》。

作者已經提過，他是多麼尊重拉巴特為《我們這個時代的電影工作者》系列所製作的節目，這裏僅需要簡單地指出，近年來出現的偉大反思電影都具有在虛構與非虛構之間辯證的特徵，在這些節目中同樣出現，其形式也是採訪與電影的片段（如在討論素材的辯證關係中所說的）。

現在，我要探討另外一種非虛構作品的型態，我稱它為「儀式性影片」。可是，在一開始我必須承認，此時此刻對這類影片進行分析將會引發爭議，因為這種電影仍舊處於醞釀時期。

雖然，儀式性電影這個概念起源於二〇年代的實驗電影，其中以曼・雷（Man Ray）與瑞克特（Hans Richter）❶最為著名，直到美國經歷過兩次大戰暨兩個世代的電影實驗者之後，這種概念才獲得穩固基礎。幾乎被加州前衛派所製作的每部影片中（1940-1955：像哈里頓 Curtis Harrington、瑪雅・黛倫 Maya Deren、布洛頓 James Broughton、彼得森 Sidney Peterson 等人），都具有儀式的一面。以這種方法揭露出形式的可能性，將會造成各種不等的結果，其中有個特徵是透過剪接造成空間錯亂的可能性運用與濫用。我認為，安格（Kenneth Anger）最重要的影片《煙火》（Fireworks, 1947）、《大廈開幕》（Inauguration of the Pleasure Dome, 1954），今天對我而言，似乎具有特別的貢獻。《大廈開幕》其中牽涉到真正字面上的儀式，藉著現代教派在性與神

❶如前言中指出的，我對美國新電影的褒揚，乃是由於我對那個時期作品的整體印象，既不是那樣的熟悉，也不是十分贊同他們的主要成就，倉促之際所下的結論。由安格的作品中衍生出儀式電影的概念，看來仍處於萌芽的階段。但是，今天我不會從這個方面來處理瑞克特的作品，因為我最初關注的是感知訓練與對一個媒體進行科學探索的問題。

力的實踐而獲得啓發，並且在某些場景中，由眞正這個教派的實踐者在安格的攝影機前面表演（從而在外圍逐漸地將眞實與虛構混合在一起）。那「開幕典禮」緊接著一個嚴肅的象徵性儀式，這種儀式對那些世俗的觀眾來說是相當含糊的（影片的題材屬於隱藏性的類型），而象徵持續地前進提供了一個光怪陸離的參考架構（可以從化妝、場景、服裝與濾鏡色光看出），同時精緻的溶疊逐漸地累積，把完全可以辨識的影像轉化成純粹的視覺物。也許我們可以說安格利用這個手法其結果卻是沉悶的，如果眞如所說的沉悶的話，至少在世俗的眼光中，那也是像「天堂般的沉悶」。

從儀式的純官能性到視覺素材的轉換，其實在萊司（Ron Rice）最好的影片中已經成功地達到這種境界了，他的早夭使美國新電影喪失了一位探索寫實性題材的英才。他那部《邱蘭姆》（Chumlum），從表面上看來似乎有點像《大廈開幕》的某些部分，雖然片中多次運用疊溶，製造了一個空間造型，通常是以相當嚴謹的態度來處理這個技巧的（根據談到剪接那章的某些原則）。然而，該片最偉大的原創性在於藉著這種手法來構聯空間，成爲維持其連續性的一部分，如此差異性的鏡頭便已不存在；《邱蘭姆》尾隨著這個極其複雜的儀式，並在中間突然出現其複雜的外貌，其色彩的組合也是如此精緻，以至於成爲影史上的絕響。

最後，必須談一下偉大的動畫家史密斯（Harry Smith）與其動畫長片《天與地的神奇》（Heaven and Earth Magic）。直到最近，我才有機會在巴黎看到這部影片，但仍舊難對它談些什麼。如果說在創作的過程中曾獲得了某種儀式的話，應當是從一部影片的形式與肌理中直

接經由創作而獲得的，它存在於那部令人心醉而又惱人的作品中，它的造型效果就像恩斯特（Max Ernst）的拼貼作品，他所執著的主題類似羅賽爾（Raymond Roussel）的迷宮。甚至，其執著最後成就了這個結構，一切的東西全都造就了這個結構的存在，最後，無盡地、有系統地、竭盡所能地，彷彿有一隻魔手似將所有的人與物全部納入了這個固定的鏡頭裏。

也許我們從簡單地省思這些題材中，將會得到令人驚訝的結論。對當代電影攝影師而言，不論是虛構與非虛構的題材都具有同樣的功能，就是形式的生產。在過去的劇情片裏，選擇題材不是爲了他可以獲致文學性的發展，便是爲了將圍繞在題材周遭的素材視覺化。過去的紀錄片也代表著在這兩者之間的相互抉擇。就如同葛里遜在前面的引文中所說的，我們必須認可的是，許多電影工作者企圖想要達成這**兩個**標的，然而他們卻總是**分別**來看待這兩個概念。基本上，目前正在進行中的電影革命都植基於一個相當簡單的概念：那就是一個題材能夠產生形式，而選擇題材即進行了一次美學上的選擇。這個概念雖然相當稚氣簡單，但它本身具有深不可測的後續發展：因爲他會像音樂到目前爲止所發展出來的那樣，將電影轉化爲藝術中的藝術。

# 索　引

國家圖書館出版品預行編目資料

電影理論與實踐/ Noel Burch 著;李天鐸、
劉現成譯. -- 初版 -- 臺北市：遠流.
1997[民 86]
　　面；　　公分 -- (電影館 ; 70)
譯自: Praxis du cinema
含索引
ISBN 957-32-3178-6(平裝)

　1.電影 - 哲學.原理　2.Motion pictures
- Philosophy

987.01　　　　　　　　　　　　86000766